Quarantaine

Cuarentena

Autres œuvres du même auteur en espagnol
Otras obras del autor en español

Comédies pour 2 / Comedias para 2
Au bout du rouleau / El Último Cartucho
Euro Star
Le Joker / El Joker
Y a -t-il un pilote dans la salle ? / Zona de Turbulencias

Comédies pour 3 / Comedias para 3
Attention fragile / Cuidado frágil
Dessous de table / Por Debajo de la Mesa
Plagiat / Plagio
Un petit meurtre sans conséquences / Un pequeño asesinato sin consecuencias
Vendredi 13 / 13 y Martes

Comédies pour 4 / Comedias para 4
Coup de foudre à Casteljarnac / Amores a Ciegas
Photo de famille / Foto de Familia
Quatre étoiles / Cuatro Estrellas
Strip Poker/ Strip Póker
Un cercueil pour deux / Un Ataúd para Dos

Comédies pour 5 ou 6 / Comedias para 5 o 6
Crise et châtiment / Crisis y Castigo
Diagnostic réservé / Pronóstico Reservado

Comédies de 7 à 10 / Comedias para 7 a 10
Café des sports / Bar Manolo
Le Pire Village de France / El pueblo más cutre de España
Miracle au couvent de Sainte Marie-Jeanne / Milagro en el Convento de Santa María-Juana

Saynètes (sketchs) / Comedias de sainetes (sketches)
Brèves du temps perdu / Breves del Tiempo Perdido
Elle et Lui / Ella y El,
Morts de rire / Muertos de la Risa

JEAN-PIERRE MARTINEZ

Quarantaine

Cuarentena

Édition bilingue français-espagnol

Edición bilingüe español-francés

La Comédi@thèque
comediatheque.net

Personnages

Dom

Pat

Max

Sam/Kim

Les sexes sont indifférents, et l'aspect unisexe voire uniforme sera une caractéristique de tous les personnages. Les comédiens pourront d'ailleurs changer de rôles au cours du spectacle, chaque rôle étant symbolisé par un costume (blouses de patients bleues, roses ou vertes, blouse d'infirmier blanche, costume Mao noir). Dans cette version, Dom et Max seront des hommes, Pat et Sam/Kim des femmes.

Toute représentation publique, professionnelle ou amateur (même gratuite) doit être autorisée par la société d'auteur en charge de la perception des droits d'auteur dans le pays de représentation de l'œuvre.
Pour contacter l'auteur :
comediatheque.net

© La Comédi@thèque

ISBN : 978-2-37705-534-0

Personajes

Dom
Pat
Max
Sam/Kim

El género de los personajes no será un aspecto relevante, y el aspecto unisex o uniforme será una característica de todos los personajes. Los actores podrán cambiar de papeles durante el espectáculo, cada papel simbolizado por un traje (batas de paciente azules, rosas o verdes, bata de enfermero blanca, traje negro con cuello Mao). En esta versión, Dom y Max serán hombres, Pat y Sam/Kim, mujeres.

Cualquier representación pública, sea profesional o aficionada (incluso gratuita) debe ser autorizada por la Sociedad de Autores encargada de percibir los derechos del autor en el país de representación de la obra. Contactar con el autor : comediatheque.net

Acte 1

Le plateau pourra rester nu à l'exception d'une ou deux chaises. Dom arrive d'un pas incertain. Il porte le genre de blouses (bleues, roses ou vertes) qu'on met aux patients à l'hôpital. Il jette autour de lui un regard intrigué, avant de découvrir avec stupéfaction la présence des spectateurs, et de s'avancer pour les observer avec un air inquiet. Pat, portant la même tenue, arrive derrière lui.

Pat – Bonjour.

Surpris, Dom sursaute, se retourne et aperçoit Pat.

Dom – Vous m'avez fait peur...

Pat – Désolée... Alors vous aussi vous...?

Dom – Oui...

Moment d'embarras.

Pat – On s'est déjà vus, non ?

Dom – On était dans le même wagon, je crois.

Pat – Voiture 13, c'est ça ! Je ne sais pas si ça a un rapport...

Dom – Un rapport ? Avec le numéro 13, vous voulez dire ?

Pat – Avec le fait qu'on soit là tous les deux ! Parce qu'on était dans le même wagon...

Dom – Je ne sais pas. À vrai dire, je ne sais pas du tout pourquoi on est là.

Pat – Moi non plus. Je n'y comprends rien. À la descente du train, deux agents m'ont demandé de les suivre...

Dom – Vous êtes sûre que c'était des policiers ?

Pat – Je pense, oui... Ils portaient un masque. Enfin pas un masque... Comme dans les hôpitaux, je veux dire. Ils m'ont fait monter dans une ambulance et...

Dom – Une ambulance, vous êtes sûre ? Non, parce que si c'était des policiers...

Pat – Disons... un fourgon, alors.

Acto 1

La bandeja podrá permanecer desnuda a excepción de una o dos sillas. Dom llega de un paso incierto. Lleva el tipo de batas (azules, rosas o verdes) que se ponen a los pacientes en el hospital. Echa a su alrededor una mirada intrigada, antes de descubrir con estupefacción la presencia de los espectadores, y de acercarse para observarlos con un aire inquieto. Pat, con el mismo atuendo, llega detrás de él.

Pat – Buenos días.

Sorprendido, Dom se da vuelta y ve a Pat.

Dom – Me has asustado...

Pat – Lo siento... ¿Así que tú también...?

Dom – Sí, yo...

Momento de la vergüenza.

Pat – ¿No nos hemos visto antes?

Dom – Creo que estábamos en el mismo vagón.

Pat – ¡Coche 13, eso es! No sé si tiene algo que ver...

Dom – ¿Con el número 13, quieres decir?

Pat – ¡Con el hecho de que ambos estamos aquí! Porque estábamos en el mismo vagón...

Dom – No lo sé. La verdad es que no tengo ni idea de por qué estamos aquí.

Pat – Yo tampoco. No entiendo nada. Al bajar del tren, dos agentes me pidieron que los siguiera...

Dom – ¿Estás segura de que eran policías?

Pat – Creo que sí... Llevaban una mascarilla. Una mascarilla... como en los hospitales. Me metieron en una ambulancia y...

Dom – ¿Una ambulancia, estás segura? No, porque si fueran policías...

Pat – Digamos... una furgoneta, entonces.

Dom – Un fourgon de police médicalisé.

Pat – C'est ça... Ils m'ont conduite jusqu'ici et... ils m'ont dit d'attendre. Et vous ?

Dom – Pareil... Donc on ne vous a rien dit non plus.

Pat – On m'a dit d'attendre.

Dom – Et... vous n'avez rien entendu d'autre ?

Pat – Non... (*Un temps*) Je crois que le mot quarantaine a été prononcé.

Dom – Ah oui....?

Pat – Vous avez entendu ça, vous aussi ?

Dom – Pas vraiment...

Pat – C'est le plus probable, non ?

Dom – Une quarantaine, oui... Qu'est-ce que ça pourrait être d'autre ?

Pat – Ça expliquerait les masques.

Dom – Oui... Et maintenant, qu'est-ce qu'on fait ?

Pat – On attend... C'est ce qu'on nous a dit, non ? On nous a dit d'attendre.

Un temps.

Dom – Une quarantaine... Si ça dure vraiment quarante jours... J'espère qu'on nous donnera quelques explications avant.

Pat – On dit une quarantaine, mais... ce n'est pas forcément aussi long. Ça dépend des maladies.

Dom – Vous croyez qu'il s'agit d'une maladie ?

Pat – Quoi d'autre ? Si on nous met en quarantaine...

Dom – Oui... Ça doit être un virus.

Pat – Très contagieux, j'imagine.

Dom – Oui... sûrement.

Pat – Je ne ressens aucun symptôme, et vous ?

Dom – Una furgoneta de policía medicalizada.

Pat – Eso es... Me llevaron hasta aquí y... me dijeron que esperara. ¿Y tú?

Dom – Lo mismo... Así que tampoco te dijeron nada.

Pat – Me dijeron que esperara.

Dom – ¿Y... no has oído nada más?

Pat – No... *(Pausa)* Creo que escuché la palabra cuarentena.

Dom – ¿Ah, sí...?

Pat – ¿También tú lo has oído?

Dom – En realidad no...

Pat – Es lo más probable, ¿no?

Dom – Cuarentena, sí... ¿Qué otra cosa podría ser?

Pat – Eso explicaría las mascarillas.

Dom – Sí... ¿Y ahora qué hacemos?

Pat – Estamos esperando... Eso es lo que nos dijeron, ¿no? Nos dijeron que esperáramos.

Un tiempo.

Dom – Cuarentena... Si realmente dura cuarenta días... espero que nos den algunas explicaciones antes.

Pat – Se dice cuarentena, pero... no es necesariamente tan larga. Depende de cada enfermedad.

Dom – ¿Crees que se trata de una enfermedad?

Pat – ¿Qué más podría ser? Si nos ponen en cuarentena...

Dom – Sí... debe ser un virus.

Pat – Muy contagioso, supongo.

Dom – Sí... sin duda.

Pat – No siento ningún síntoma, ¿y tú?

Dom – Non, moi non plus.

Pat – Remarquez... Ça ne veut pas dire qu'on n'est pas malades. Ça dépend du temps d'incubation.

Dom – Vous êtes médecin ?

Pat – Ordonateur.

Dom – Ordonateur ?

Pat – Autrefois, on disait informaticien, je crois.

Dom – D'accord... Donc les virus, vous connaissez...

Pat – J'ai surtout trois enfants... Et vous ?

Dom – Je n'ai pas d'enfants.

Pat – Non, je voulais dire... Vous non plus, vous n'êtes pas médecin.

Dom – Je suis formateur.

Pat – Formateur...

Dom – Avant on disait professeur, je crois. Demain on dira... dresseur, peut-être.

Pat – Je vois...

Dom – Ah oui ? Et qu'est-ce que vous voyez ?

Pat – Non, je veux dire... Vous en savez encore moins que moi sur les virus...

Un temps.

Dom – Et donc le temps d'incubation, ça dépend des virus ?

Pat – Tout à fait... Parfois on ressent les premiers symptômes une semaine après la contamination. Parfois moins, parfois plus.

Dom – Vous m'avez l'air d'en connaître un rayon sur la propagation des épidémies... pour quelqu'un qui n'est pas médecin.

Dom – No, yo tampoco.

Pat – Bueno... Eso no significa que no estemos enfermos. Depende del tiempo de incubación.

Dom – ¿Eres médico?

Pat – Ordonadora.

Dom – ¿Ordonadora?

Pat – Creo que solíamos llamarlo informático.

Dom – De acuerdo... Así que los virus, ya sabes...

Pat – Sí... Además, tengo tres hijos... ¿Y tú?

Dom – No tengo hijos.

Pat – No, quiero decir... tú tampoco eres médico.

Dom – Soy un entrenador.

Pat – Entrenador...

Dom – Antes se decía profesor, creo. El día de mañana diremos domador, quizás.

Pat – Ya veo...

Dom – ¿Ah, sí? ¿Y qué ves?

Pat – No, quiero decir... No sabes más que yo sobre los virus...

Un tiempo.

Dom – ¿Y el tiempo de incubación depende de los virus?

Pat – Sí... A veces se sienten los primeros síntomas una semana después de la contaminación. A veces menos, a veces más.

Dom – Parece que sabes mucho sobre la propagación de las epidemias... para alguien que no es médico.

Pat – Je vous l'ai dit, j'ai trois enfants. Quand il y en a un de malade, c'est rare que les deux autres ne suivent pas quelques jours après.

Dom – Mais nous on n'est pas malades !

Pat – On est peut-être contagieux bien avant d'être malade soi-même.

Dom – Oui... Si on est vraiment porteur du virus.

Pat – D'où la quarantaine, probablement... Mais, on va sûrement nous expliquer tout ça.

Dom – Oui, sûrement...

Max arrive, portant la même tenue qu'eux.

Dom – Ah... Plus on est de fous...

Pat – Plus on est de fous ?

Dom – C'est une expression qu'on disait autrefois... Plus on est de fous... Non rien...

Pat – Monsieur va peut-être pouvoir nous en dire plus.

Max, l'air un peu déboussolé, s'avance vers le public.

Dom – Je ne parierais pas là-dessus. Il n'a pas l'air très net.

Pat – Bonjour.

Max – Ah, bonjour... Je... Je viens d'arriver, moi aussi...

Dom – Comment savez-vous qu'on vient d'arriver ?

Max – Pardon ?

Dom – Vous avez dit : je viens d'arriver moi aussi. Comment savez-vous qu'on vient d'arriver ? On pourrait être déjà là depuis des semaines...

Max – Vous êtes là depuis plusieurs semaines ?

Pat – On vient d'arriver.

Max – Ah... Comme moi alors... C'est bien ce que je disais.

Pat – Te lo dije, tengo tres hijos. Cuando uno está enfermo, es raro que los otros dos no lo sigan unos días después.

Dom – ¡Pero nosotros no estamos enfermos!

Pat – Cualquiera puede ser contagioso mucho antes de estar enfermo.

Dom – Sí... en el caso de ser portadores del virus.

Pat – De ahí la cuarentena, lo más probable... Pero, seguramente, nos explicarán todo esto.

Dom – Sí, sin duda...

Max llega con la misma ropa que ellos.

Dom – Ah... Cuantos más, mejor...

Pat – ¿Mejor?

Dom – O peor...

Pat – Quizás nos pueda decir algo más.

Max, un poco confundido, se acerca al público.

Dom – No apostaría por eso. Parece un tipo raro.

Pat – Buenos días.

Max – Ah, hola... Yo... Yo también acabo de llegar...

Dom – ¿Cómo sabes que acabamos de llegar?

Max – ¿Perdón?

Dom – Dijiste : Yo también acabo de llegar. ¿Cómo sabes que acabamos de llegar? Podríamos haber estado aquí desde hace semanas...

Max – ¿Lleváis aquí varias semanas?

Pat – Acabamos de llegar.

Max – Ah... Como yo entonces... Eso es lo que estaba diciendo.

Pat – Oui...

Max – Et... vous savez pourquoi on est là ?

Dom – On comptait un peu sur vous pour nous le dire...

Max – Je ne sais pas... Ils m'ont cueilli à la descente du train, sans aucune explication. Je n'ai pas que ça à faire, moi.

Pat – Et moi donc... Mes trois enfants m'attendent à la maison. Sans parler de mon mari. Et vous ?

Max – Je ne suis pas marié. J'avais juste fait un saut dans le Sud pour voir ma mère à l'hôpital.

Dom – Elle est malade, elle aussi ?

Max – Elle s'est cassé le col la jambe.

Pat – Ça au moins, ce n'est pas contagieux...

Max – Oui, mais qui est-ce qui va me payer, moi ? J'ai deux chantiers à terminer avant la fin de la semaine...

Pat – On nous donnera peut-être un dédommagement. Vous êtes artisan ?

Max – Je suis plombier.

Dom – Et dire que quand on en cherche un, on n'en trouve jamais...

Max – Pardon ?

Dom – Non, rien...

Pat – Plombier... J'ai déjà entendu ce mot, mais je ne sais plus ce que ça veut dire exactement.

Dom – On dit réparateur, maintenant.

Pat – Ah, oui...

Dom – Monsieur est réparateur spécialisé. Il répare des tuyaux, des canalisations, des robinets... Plombier, comme on disait autrefois.

Max – C'est ça.

Pat – Sí, yo...

Max – ¿Y... sabes por qué estamos aquí?

Dom – Esperábamos que nos lo dijeras...

Max – No lo sé... Me recogieron al bajar del tren, sin ninguna explicación. No tengo todo el día.

Pat – Ni yo... Mis tres hijos me esperan en casa. Por no hablar de mi marido. ¿Y tú?

Max – No estoy casado. Solo había ido al sur a ver a mi madre al hospital.

Dom – ¿También está enferma?

Max – Se rompió una pierna.

Pat – Eso al menos no es contagioso...

Max – Sí, ¿pero quién me lo va a pagar? Tengo dos obras que terminar antes del fin de semana...

Pat – Quizás nos den una indemnización. ¿Eres artesano?

Max – Soy fontanero.

Dom – Y pensar que cuando buscas uno, nunca lo encuentras...

Max – ¿Perdón?

Dom – No, nada...

Pat – Fontanero... he oído esa palabra antes, pero no sé qué significa exactamente.

Dom – Ahora se dice reparador.

Pat – Ah, sí...

Dom – El señor es reparador especializado. Repara tuberías, canalizaciones, grifos... Fontanero, como solíamos decir.

Max – Eso es.

Dom – Donc, vous ne savez pas non plus pourquoi on nous a enfermés ici ?

Pat – Parce que vous pensez qu'on est enfermés ?

Dom – Enfermés ou pas, si on est en quarantaine, on n'a pas le droit de sortir, non ?

Max – Alors vous croyez qu'on est en quarantaine ?

Dom – D'après Madame, qui est une grande spécialiste, on est porteurs d'un virus, et on est contagieux. C'est pour ça qu'on nous a mis à l'isolement.

Max – Un virus ? Quel virus ?

Pat – Ça... C'est sûrement un virus inconnu. Sinon, il y aurait déjà des vaccins, et on ne nous aurait pas placés en quarantaine.

Max – D'accord... Mais pourquoi nous ? Vous le savez ?

Pat – On a dû être en contact sans le savoir avec une personne malade... Vous disiez que vous êtes allé voir votre mère à l'hôpital ?

Max – Pour une fracture !

Pat – Oui... Mais les hôpitaux, c'est bourré de virus, non ? C'est bien connu...

Max – Ça va être de ma faute, maintenant...

Dom – Ne vous énervez pas, mon vieux. Personne ne vous reproche rien.

Pat – Et puis si on est enfermés ici pendant des semaines, il vaut mieux rester solidaires.

Max – Parce que vous pensez qu'ils vont nous garder pendant des semaines ?

Pat – On ne sait pas. Pour l'instant, on ne sait rien.

Un temps.

Max – Et vous ça va ?

Pat – Ça va... J'aurais préféré rentrer directement chez moi, retrouver mon mari et mes enfants, mais bon...

Max – No, pero eso a nadie le importa. Quiero decir... ¿Es que te sientes enferma?

Pat *(ofendida)* – No por el momento...

Max – ¿Y tú?

Dom – Estoy bien. Pero... gracias por preocuparte por mi salud.

Max – Yo tampoco, yo... estoy en plena forma.

Dom – Muy bien... Estamos contentos por ti...

Max vuelve a mirar a su alrededor.

Max – ¿Sabes dónde estamos, exactamente?

Dom – No... No se veía nada desde la furgoneta mortuoria que nos trajo aquí. Las persianas estaban cerradas.

Max – ¿Seguro que era una furgoneta mortuoria?

Dom – ¿Dije eso? No, quise decir furgoneta sanitaria, obviamente.

Pat – El viaje duró apenas un cuarto de hora. No debemos estar muy lejos de la estación...

Max – Sí... pero esto no es un hospital.

Pat – No... Y por ahora no estamos enfermos.

Max – Es extraño... ¿Qué es este lugar...? *(Da una mirada por el escenario, y su cara se congela al ver a los espectadores).* ¿Y estos quiénes son?

Pat – ¿Estos? ¿Quién?

Max *(señalando al público)* – ¡Esos!

Pat se adelanta.

Pat – No veo nada... Con los focos... Me deslumbran...

Max – ¡Ahí! ¡Toda esa gente mirándonos!

Pat (*apercevant le public*) – Non... Mais c'est quoi ça...? (*À Dom*) Vous avez vu ?

Dom – Oui... C'est la première chose que j'ai vue en entrant.

Pat – Vous auriez pu nous le dire !

Dom – Quoi ?

Pat – Qu'on nous regardait ! Qu'on nous écoutait !

Dom – Ça m'est sorti de l'esprit... Qu'est-ce que ça aurait changé ? On n'a rien fait de mal, non ? Et on n'a rien dit de mal...

Pat – J'espère...

Max – Moi, je n'ai rien dit du tout.

Pat – C'est un cauchemar...

Max – Vous croyez qu'ils nous entendent ?

Dom – Je pense même qu'ils sont là pour ça.

Max – Pour nous écouter ?

Pat – Pour nous observer, en tout cas. Puisqu'on est en observation. Pour voir comment la maladie va évoluer...

Max – C'est curieux. Nous, on ne les entend pas.

Dom – Peut-être parce qu'ils ne disent rien.

Pat – Ou alors ils sont derrière une vitre.

Max – Une vitre ?

Pat – Comme dans une salle d'interrogatoire, vous voyez...(*Plissant les yeux face aux projecteurs qui l'aveuglent*) Et avec ces lumières qu'on nous envoie dans les yeux...

Dom – Je ne me suis encore jamais trouvé dans une salle d'interrogatoire. Pas avant aujourd'hui en tout cas.

Pat – Mais si, vous savez bien. Quand on est du bon côté, on peut voir les gens, et eux ils ne nous voient pas.

Pat *(viendo al público)* – No... ¿Pero qué es esto...? *(A Dom)* ¿Lo habéis visto?

Dom – Sí... Fue lo primero que vi cuando entré.

Pat – ¡Podrías habérnoslo dicho!

Dom – ¿El qué?

Pat – ¡Que nos miraban! ¡Que nos escuchaban!

Dom – No se me pasó por la cabeza... ¿Qué hubiera cambiado? No hicimos nada malo, ¿verdad? Y no dijimos nada malo...

Pat – Espero que no...

Max – Yo no he dicho nada.

Pat – Es una pesadilla...

Max – ¿Crees que nos pueden oír?

Dom – Creo que para eso están aquí.

Max – ¿Para escucharnos?

Pat – Para observarnos, en todo caso. Puesto que estamos en observación. Para ver cómo va a evolucionar la enfermedad...

Max – Es curioso. Nosotros no los oímos.

Dom – Tal vez porque no dicen nada.

Pat – O están detrás de un cristal.

Max – ¿Un cristal?

Pat – Como en una sala de interrogatorios... *(Entornando los ojos frente a los proyectores que lo ciegan)* Y con estas luces que nos dirigen hacia los ojos...

Dom – Nunca he estado en una sala de interrogatorios. Al menos no antes de hoy.

Pat – Está claro. Cuando estás en el lado correcto, puedes ver a la gente, y ellos no te ven.

Max – Les gens ?

Pat – Les suspects !

Max – Oui, mais là, on les voit.

Dom – Il y a une chose dont je suis sûr, c'est que si un jour je me retrouve dans une salle d'interrogatoire, je ne serai certainement pas du bon côté.

Max – Le bon côté...? C'est lequel, à votre avis ?

Dom – Le bon côté de la vitre ! Celui d'où on voit sans être vu...

Max – Alors d'après vous, c'est eux qu'on va interroger... et nous on est là pour regarder.

Pat – Vous avez raison, ça ne tient pas debout. On n'est pas des policiers...

Dom – Si vous le dites...

Pat – Pardon ?

Dom – Vous avez l'air d'en connaître un rayon aussi sur les salles d'interrogatoire...

Pat – Qu'est-ce que vous voulez insinuer ?

Dom – Je ne sais pas... Vous savez tout sur les virus, ou presque... Vous savez à quoi ressemble une salle d'interrogatoire. Ce n'est pas eux qui vous envoient, au moins ?

Pat – Eux ? Je ne comprends pas...

Max – Vous pourriez être une infiltrée. Je crois que c'est ça que ce monsieur essaie d'insinuer. Une espionne, si vous préférez...

Pat – Je crois surtout qu'on commence tous à devenir fous. Ces gens sont sûrement des médecins. Ils sont là pour observer l'évolution de notre maladie, sans risquer d'être contaminés.

Max – On n'a qu'à faire comme s'ils n'étaient pas là.

Max – ¿La gente?

Pat – ¡Los sospechosos!

Max – Sí, pero ahora los vemos.

Dom – Si algún día me encuentro en una sala de interrogatorios, estoy seguro de que no estaré en el lado bueno.

Max – ¿El lado bueno...? ¿Cuál crees que es?

Dom – El lado bueno del cristal... ¡El lado del que se ve sin ser visto...!

Max – Entonces... ellos serían a los que vamos a interrogar... y nosotros estamos aquí para mirar.

Pat – Tienes razón, no tiene sentido. No somos policías...

Dom – Si tú lo dices...

Pat – ¿Perdón?

Dom – Parece que sabes mucho sobre las salas de interrogatorios...

Pat – ¿Qué quieres decir?

Dom – No sé... Sabes todo sobre los virus, o casi... También sabes cómo es una sala de interrogatorios. No son ellos los que te envían, ¿verdad?

Pat – ¿Ellos? No lo entiendo...

Max – Podrías ser una infiltrada. Creo que eso es lo que este caballero está tratando de insinuar. Una espía, si prefieres...

Pat – Desde luego creo que todos estamos empezando a volvernos locos. Estas personas son médicos. Están aquí para observar la evolución de nuestra enfermedad sin riesgo a contaminarse.

Max – Hagamos como si no estuvieran aquí.

Dom – Voilà. On va faire comme ça... Comme si de rien n'était. Comme si on n'était pas des cobayes dans un laboratoire, épiés jour et nuit par une centaine de spécialistes pour voir en combien de temps on va mourir, et de quelle façon...

Sam, portant la même tenue, arrive derrière eux.

Sam – Bonjour...

Pat – Madame va peut-être pouvoir nous renseigner... Bonjour Madame, vous êtes médecin ?

Sam – Je suis informateur.

Pat – Informateur ?

Dom – Autrefois, on disait journaliste, je crois.

Max – Ah... Donc vous êtes comme nous.

Sam – Vous êtes tous des informateurs ?

Max – Non... Je veux dire vous êtes comme nous... Vous ne savez pas pourquoi on nous a conduits ici.

Sam – Désolée, mais je n'en ai aucune idée. Juste en descendant du train...

Dom – Oui, bon, ça va, on le sait...

Sam – Je vous réponds... Si vous savez, pourquoi vous me demandez ?

Max – Mais on ne sait rien, on vient de vous le dire !

Sam – Ce n'est pas la peine de vous énerver, non plus.

Max – Excusez-moi, vous avez raison.

Sam – Donc, je descendais du train et... des policiers m'ont amenée jusqu'ici. Je n'ai aucune autre information. Je ne sais pas du tout pourquoi on nous a arrêtés.

Dom – On vous a dit qu'il s'agissait d'une arrestation ?

Sam – Non, pas explicitement, mais...

Pat – Moi j'ai entendu quarantaine, plutôt. Enfin, c'est ce que j'ai compris.

Dom – Eso es. Vamos a hacer eso... Como si nada hubiera pasado. Como si no fuéramos conejillos de indias en un laboratorio, espiados día y noche por un centenar de especialistas para ver en cuánto tiempo tardamos en morir, y cómo...

Sam, con el mismo atuendo, llega por detrás de ellos.

Sam – Buenos días...

Pat – Quizás la señora pueda informarnos... Hola, señora, ¿es usted médica?

Sam – Soy una informadora.

Pat – ¿Informadora?

Dom – Antes se decía periodista, me parece.

Max – Ah... Entonces eres una como nosotros.

Sam – Todos vosotros son informadores?

Max – No, quiero decir como nosotros... Tampoco sabes por qué hemos sido traídos aquí...

Sam – Lo siento, pero no tengo ni idea. Solo estaba bajando del tren...

Dom – Sí, está bien, lo sabemos...

Sam – Si lo sabes, ¿por qué me preguntas?

Max – ¡Pero si no sabemos nada, lo acabamos de decir!

Sam – Tampoco tienes que enfadarte.

Max – Disculpa, tienes razón.

Sam – Estaba bajando del tren y... unos policías me trajeron aquí. No tengo más información. No sé por qué nos detuvieron.

Dom – ¿Te dijeron que era un arresto?

Sam – No, no explícitamente, pero...

Pat – Yo oí cuarentena... Bueno, eso es lo que entendí.

Sam – Ils parlaient peut-être de votre âge...

Dom – Nous voilà bien avancés...

Sam – Si on nous a placés en garde à vue, il y a sûrement une bonne raison.

Dom – Ah parce qu'on est en garde à vue, maintenant ?

Sam – Désolée... Je voulais dire en observation...

Pat baisse un peu la voix en désignant discrètement le public.

Pat – Donc vous ne savez pas non plus qui sont tous ces gens qui nous regardent...

Sam remarque l'assistance, mais ne montre aucune surprise.

Sam – Non...

Max – Alors vous aussi, vous étiez dans ce train ?

Sam – Voiture 13. Siège 40. Et vous ?

Pat – 42.

Max – 41.

Dom – 43.

Sam – Donc on était assis l'un à côté de l'autre.

Pat – Ou l'un en face de l'autre.

Sam – Ça pourrait expliquer qu'on ait été contaminés par la même personne... Mais par qui ?

Il lance un regard suspicieux aux trois autres. Perplexité générale.

Pat – On a une de ces allures avec ces tenues. J'ai l'impression d'être dans un asile de fous...

Max – Mais la folie, ça n'est pas contagieux... Si ?

Sam – On va quand même éviter tout contact physique.

Dom – Ah, parce que vous aviez l'intention de...

Sam – Tal vez estaban hablando de tu edad...

Dom – Tal vez.

Sam – Si nos detuvieron, debe haber una buena razón.

Dom – ¿Piensas que estamos bajo custodia?

Sam – No sé... Quería decir... en observación.

Pat baja un poco la voz señalando discretamente al público.

Pat – Así que tampoco sabes quiénes son todas esas personas que nos miran...

Sam nota la asistencia, pero no muestra ninguna sorpresa.

Sam – No...

Max – ¿Así que tú también estabas en ese tren?

Sam – Coche 13. Asiento 40. ¿Y tú?

Pat – 42.

Max – 41.

Dom – 43.

Sam – Así que estábamos sentados uno al lado del otro.

Pat – O uno frente al otro.

Sam – Eso explicaría por qué nos infectamos a partir de la misma persona... ¿Pero quién?

Lanza una mirada sospechosa a los otros tres. Perplejidad general.

Pat – Tenemos un aspecto con estos trajes... Me siento como si estuviera en un manicomio...

Max – Pero la locura no es contagiosa... ¿Verdad?

Sam – Mejor evitar el contacto físico, sin embargo.

Dom – Ah, es que tenías la intención de... ?

Pat – On va éviter de tousser, aussi. Ou alors on met sa main devant sa bouche.

Dom – Pourquoi on ne nous a pas donné de masques, alors ? Si on est contagieux.

Pat – Ils doivent considérer qu'entre nous ce n'est pas la peine. Si on est déjà tous condamnés...

Sam – Condamnés ?

Pat – Désolée, je voulais dire contaminés.

Max – Dans ce cas, ça ne sert à rien de mettre la main devant sa bouche avant de tousser.

Dom – Et donc on peut se toucher aussi, non ?

Sam – On pourrait au moins se présenter, avant. (*Tendant la main à Dom*) Sam.

Après une petite hésitation, Dom lui sert la main que lui tend Sam.

Dom – Dom.

Même manège avec les deux autres.

Pat – Pat.

Max – Max.

Ils se serrent tous la main, avec une certaine appréhension. On entend soudain un grésillement de haut-parleur et une voix off se fait entendre.

Voix – Bonjour à tous. Vous nous entendez ?

Moment de flottement.

Sam – Affirmatif. On vous reçoit cinq sur cinq.

Dom – Enfin disons quatre sur cinq.

Pat – También evitaremos toser. O pondremos la mano delante de la boca.

Dom – ¿Por qué no nos dieron máscaras entonces? Si somos contagiosos.

Pat – Deben considerar que entre nosotros no vale la pena. Si ya estamos todos condenados...

Sam – ¿Estaremos condenados?

Pat – Disculpa, quería decir contaminados.

Max – En este caso, no tiene sentido poner la mano delante de la boca antes de toser.

Dom – Así que también podemos tocarnos, ¿no?

Sam – Al menos podríamos presentarnos antes. *(Extendiendo la mano a Dom)* Sam.

Después de una pequeña vacilación, Dom le extiende la mano que le tiende Sam.

Dom – Dom.

El mismo juego con los otros dos.

Pat – Pat.

Max – Max.

Todos se estrechan la mano con cierta aprensión. De repente se oye un chirrido de altavoz y se oye una voz en off.

Voz – Hola a todos. ¿Nos oyen?

Momento de sorpresa.

Sam – Afirmativo. Os recibimos cinco de cinco.

Dom – Bueno, digamos cuatro de cinco.

Voix – Nous vous prions tout d'abord de nous excuser pour tous ces désagréments, rendus hélas nécessaires par la crise à laquelle nous sommes tous confrontés. Nous avons dû réagir en urgence. Et nous n'avons pas eu le temps de vous expliquer clairement les raisons de votre détention... Je veux dire de votre rétention dans ce lieu de confinement, pour éviter tout contact avec l'extérieur...

Pat – Et on peut savoir à présent quelle est la nature exacte de cette crise sanitaire ?

Voix – C'est un peu difficile à expliquer par le truchement d'un haut-parleur. Mais ne vous inquiétez pas. Nous allons bientôt venir à votre rencontre. En attendant, nous veillerons à ce que vous ne manquiez de rien. Il y a dans l'entrée un frigo et des placards bien garnis, qui vous permettront de vous restaurer. Il y a aussi une porte qui ouvre sur un couloir desservant des chambres, chacune équipée d'une salle de bain et d'un minibar. C'est assez sommaire, mais vous verrez, il y a tout ce qu'il faut...

Dom – Tout ce qu'il faut ?

Voix – Il y a même un babyfoot.

Max – Peut-on au moins savoir combien de temps tout ça va durer ?

Pat – Mon mari et mes enfants m'attendent à la maison. Enfin, surtout mes enfants...

Voix – Rassurez-vous. Vos familles, vos employeurs ou vos clients sont prévenus. Bon séjour avec nous, et à très bientôt.

On entend un nouveau grésillement puis plus rien.

Pat – Bon séjour ?

Dom – Et voilà... C'est tout... On n'a plus qu'à la fermer et attendre...

Sam – C'est dingue...

Moment de stupéfaction générale.

Voz – En primer lugar, les rogamos que nos disculpen por todas estas molestias, que lamentablemente son necesarias debido a la crisis a la que todos nos enfrentamos. Hemos tenido que reaccionar con urgencia. Y no hemos tenido tiempo de explicarles claramente las razones de su detención... Me refiero a su retención en este lugar de confinamiento, para evitar cualquier contacto con el exterior...

Pat – ¿Y ahora podemos saber cuál es la naturaleza exacta de esta crisis sanitaria?

Voz – Es un poco difícil de explicar a través de un altavoz. Pero no se preocupen. Pronto nos reuniremos con ustedes. Mientras tanto, nos aseguraremos de que no les falte de nada. En la entrada hay una nevera y armarios bien surtidos, que les permitirán alimentarse. También hay una puerta que da a un pasillo que conduce a las habitaciones, cada una equipada con un cuarto de baño y un minibar. Es bastante elemental, pero ya verán, hay todo lo necesario...

Dom – ¿Todo lo necesario?

Voz – Incluso hay un futbolín.

Max – ¿Podemos al menos saber cuánto va a durar esto?

Pat – Mi marido y mis hijos me esperan en casa. Bueno, por lo menos mis hijos...

Voz – No se preocupen. Se ha advertido a sus familias, empleadores o clientes. Que lo pasen bien con nosotros y nos vemos pronto.

Se oye un nuevo chisporroteo y luego nada.

Pat – ¿Que lo pasemos bien?

Dom – Y ya está... Eso es todo... Todo lo que tenemos que hacer es callarnos y esperar...

Sam – Esto es una locura...

Momento de estupefacción general.

Pat – Je vais appeler mon mari. Au moins pour le prévenir. (*Elle sort son portable.*) Et puis dehors, ils ont peut-être plus d'informations...(*Elle appuie sur une touche et son visage se fige.*) Je n'ai pas de réseau... Et vous ?

Dom sort son portable.

Dom – Moi non plus.

Sam – Ils doivent utiliser un brouilleur...

Max – Mais pourquoi ?

Moment de perplexité.

Pat – Alors on est vraiment coupés du monde...

Dom – Qu'est-ce qu'on fait ?

Sam – Que voulez-vous qu'on fasse ?

Un temps.

Max – On n'a qu'à bouffer.

Dom – Pardon ?

Max – Ils nous ont dit où était la bouffe.

Dom – Alors on est séquestrés ici sans même savoir pourquoi, sans aucune possibilité de communiquer avec l'extérieur, et lui il ne pense qu'à bouffer...

Max – Vous avez une meilleure idée ?

Dom – Non...

Max – Alors vous faites ce que vous voulez, mais moi j'ai les crocs...

Il sort. Les trois autres se regardent.

Sam – C'est vrai que j'ai un peu faim, moi aussi...

Il sort.

Dom – Qu'est-ce que vous en pensez ?

Pat – Après tout... à quoi ça nous avancerait de nous laisser mourir de faim.

Elle sort. Après une hésitation, il la suit. ***Noir.***

Pat – Voy a llamar a mi marido. Al menos para avisarle. *(Saca su teléfono.)* Tal vez afuera tengan más información... *(Presiona un botón y su cara se congela.)* No tengo red... ¿Y vosotros?

Dom saca su teléfono.

Dom – Yo tampoco.

Sam – Tienen que usar un bloqueador...

Max – ¿Pero, por qué?

Momento de la perplejidad.

Pat – Así que estamos realmente aislados del mundo...

Dom – ¿Qué hacemos?

Sam – ¿Qué queréis que hagamos?

Un tiempo.

Max – Siempre podemos comer.

Dom – ¿Perdón?

Max – Nos dijeron dónde estaba la comida.

Dom – O sea que estamos atrapados aquí sin saber por qué, sin ninguna posibilidad de comunicarnos con el exterior, y él solo piensa en comer...

Max – ¿Tienes una idea mejor?

Dom – No...

Max – Pues vosotros podéis hacer lo que queráis, pero yo tengo los colmillos...

Sale. Los otros tres se miran.

Sam – Yo también tengo un poco de hambre...

Sale.

Dom – ¿Qué opinas?

Pat – Después de todo... ¿qué sentido tiene dejarnos morir de hambre?

Ella sale. Después de una vacilación, él la sigue. ***Oscuro.***

Acte 2

La lumière revient sur le plateau. Dom et Pat font les cent pas, comme des lions en cage. Max les observe avec un air détaché, en mangeant une tranche de pizza.

Pat – On n'était pas quatre, avant ?

Dom – Si...

Pat – La quatrième a disparu...

Dom – Comment elle s'appelait, déjà ?

Max – Kim.

Pat – Kim ?

Dom – Sam, je crois.

Max – Sam, c'est ça...

Dom – Qu'est-ce qu'ils ont bien pu en faire ?

Max – Ils l'ont peut-être libérée.

Pat – Ils l'auraient libérée ? Et pourquoi pas nous ?

Dom – Ou alors, elle est morte...

Pat – Morte ? Vous voulez dire... de cette maladie ?

Dom – Je ne sais pas. (*À Max*) Qu'est-ce que vous en pensez, vous ?

Max – Oui, elle est peut-être morte.

Pat – Ça n'a pas l'air de vous couper l'appétit, au moins...

Un temps.

Dom – Ça fait combien de temps qu'on est là ?

Pat – Je dirais une semaine, non ?

Max – Sept jours exactement.

Pat – Oui, c'est bien ce que je disais... Une semaine. J'ai l'impression de devenir folle.

Dom – Moi aussi.

Acto 2

La luz vuelve. Dom y Pat caminan como leones enjaulados. Max los observa con un aire desprendido, comiendo una rebanada de pizza.

Pat – ¿No éramos cuatro antes?

Dom – Sí, es verdad...

Pat – La cuarta desapareció...

Dom – ¿Cómo se llamaba?

Max – Kim.

Pat – ¿Era Kim?

Dom – Sam, creo.

Max – Sam, eso es...

Dom – ¿Qué hicieron con ella?

Max – Quizás la liberaron.

Pat – ¿La liberaron? ¿Por qué no a nosotros?

Dom – O puede que esté muerta.

Pat – ¿Muerta? ¿Te refieres... por esta enfermedad?

Dom – No lo sé. *(A Max)* ¿A ti qué te parece?

Max – Sí, puede que esté muerta.

Pat – No parece que te quite el apetito, al menos...

Un tiempo.

Dom – ¿Cuánto tiempo llevamos aquí?

Pat – Yo diría que una semana, ¿no?

Max – Exactamente siete días.

Pat – Sí, eso es lo que estaba diciendo... Una semana. Siento que me estoy volviendo loca.

Dom – Yo también.

Pat – Fous à lier, pas encore. Mais enfermés, on l'est déjà.

Max – De toute façon, on nous a dit de rester ici.

Dom – On ? C'est qui on ?

Max – L'Autorité. Enfin, les autorités sanitaires. Ils l'ont dit, dans le haut-parleur. Vous n'avez pas entendu ?

Pat – C'est juste une voix anonyme dans un haut-parleur...

Dom – C'est vrai, qu'est-ce qu'on en sait après tout ? On a peut-être été enlevés...

Max – Par des policiers ?

Pat – C'était peut-être des faux policiers. Ils étaient masqués...

Max – Pourquoi on nous aurait enlevés ?

Dom – Pour rançonner nos familles ? Je n'ai aucune famille... J'imagine que vous n'êtes pas milliardaires non plus.

Pat – Je n'ai que mon appartement, qui reste la propriété de la banque tant que je n'ai pas remboursé mon crédit sur cinquante ans. Je ne pense pas que ma banque paierait une rançon pour me faire libérer... dans le seul espoir que je puisse continuer à rembourser mon crédit.

Dom – Et puis personne ne nous a demandé de rançon.

Max – Pas à ma connaissance, en tout cas.

Dom – Nos ravisseurs ont dû se rendre compte qu'on n'était pas des bons clients, et ils se sont barrés. En oubliant de nous libérer...

Pat – Ou alors, c'est une prise d'otages. Les prises d'otages, c'est souvent très long. Ça dure des années, parfois.

Max – Une prise d'otages ?

Pat – Locos de atar, aún no. Pero encerrados, ya lo estamos.

Max – De todos modos, nos dijeron que nos quedáramos aquí.

Dom – ¿Nos dijeron? ¿Quiénes ?

Max – La Autoridad. Es decir, las autoridades sanitarias. Lo dijeron por el altavoz. ¿No lo oísteis?

Pat – Es solo una voz anónima en un altavoz...

Dom – Es verdad, ¿qué sabemos después de todo? Quizás nos han secuestrado...

Max – ¿Por la policía?

Pat – Quizás eran policías falsos. Estaban enmascarados...

Max – ¿Por qué nos secuestrarían?

Dom – ¿Para pedir un rescate a nuestras familias? No tengo familia... Supongo que vosotros tampoco son millonarios.

Pat – Solo tengo mi apartamento, que sigue siendo propiedad del banco hasta que haya reembolsado mi crédito en cincuenta años. No creo que mi banco pague un rescate por liberarme... únicamente para que pueda seguir pagando mi crédito.

Dom – Además, nadie nos pidió un rescate.

Max – No, que yo sepa.

Dom – Nuestros secuestradores deben haberse dado cuenta de que no éramos buenos clientes, y se largaron. Olvidando liberarnos...

Pat – O quizás se trata de una toma de rehenes. Las tomas de rehenes son a menudo muy largas. A veces duran años.

Max – ¿Una toma de rehenes?

Pat – Pourquoi pas ? Ils ont des revendications, et ils menacent de nous tuer si les autorités ne leur donnent pas ce qu'ils veulent.

Max – Dans ce cas-là, vous êtes mal barrés.

Dom – Vous ?

Max – Non, je veux dire... nous. On est mal barrés. Il y a bien longtemps que les autorités ne cèdent plus au chantage des terroristes. Même lorsque la vie des otages est en danger.

Un temps.

Pat – Je crois qu'on commence à délirer... Non, c'est une simple quarantaine, et puis voilà.

Dom – Vous croyez ?

Pat – C'est ce que je préfère croire, en tout cas. Pour ne pas devenir folle...

Max – Vous avez raison. Il ne faut pas voir tout en noir.

Pat – Le principal, c'est que personne n'est malade... Si c'est vraiment une quarantaine, on va finir par nous laisser sortir...

Max – Par quel mal on aurait bien pu être contaminés ?

Dom – C'est curieux, vous avez dit par quel mal, et pas par quelle maladie.

Pat – Par quoi d'autre on pourrait être contaminés ? À part une maladie ?

Max – Je ne sais pas... J'ai dit ça comme ça... Qu'est-ce que vous en pensez ?

Dom – Rien. Je n'en pense rien. Et si j'en pensais quelque chose, ce n'est pas à vous que je le dirais.

Pat fait face aux spectateurs.

Pat – Et eux, ils sont toujours là aussi...

Max – Peut-être qu'ils ne peuvent pas se barrer non plus.

Pat – ¿Por qué no? Hacen una petición, y amenazan con matarnos si las autoridades no les dan lo que quieren.

Max – En este caso, vosotros estáis en problemas.

Dom – ¿Vosotros?

Max – Quiero decir... nosotros. Estamos en problemas. Hace mucho tiempo que las autoridades no ceden al chantaje de los terroristas. Incluso cuando la vida de los rehenes está en peligro.

Un tiempo.

Pat – Creo que estamos empezando a delirar... No, es solo una cuarentena, y ya está.

Dom – ¿Tú crees?

Pat – Eso es lo que prefiero creer, al menos. Para no volverme loca...

Max – Tienes razón. No hay que verlo todo de color negro.

Pat – Lo principal es que nadie está enfermo... Si realmente es una cuarentena, van a terminar dejándonos salir...

Max – ¿Por qué mal podríamos estar infectados?

Dom – Es curioso, has dicho qué mal, y no qué enfermedad.

Pat – ¿Por qué otra cosa podríamos estar infectados? ¿Aparte de por una enfermedad?

Max – No lo sé... Solo dije... ¿Qué pensáis?

Dom – Nada. No pienso nada. Y si pensara algo, no te lo diría a ti.

Pat se enfrenta a los espectadores.

Pat – Y ellos siempre están allí también...

Max – Tal vez ellos tampoco pueden huir.

Pat – On les retiendrait en otages, comme nous ?

Dom – S'ils sont libres de partir, je me demande vraiment pourquoi ils ne l'ont pas déjà fait.

Max – Oui... Parce qu'il ne se passe pas grand chose de très passionnant.

Pat – On se croirait dans une émission de télé-réalité. Même nous on va finir par s'ennuyer...

Le docteur Kim arrive derrière eux. C'est la même comédienne qui auparavant incarnait Sam. Elle porte un costume Mao noir et affiche un sourire de présentateur télé.

Kim – Chers amis, bonjour !

Les trois autres se retournent, surpris.

Pat – Elle ne porte pas la même blouse que nous. Elle doit être médecin.

Dom – C'est curieux, sa tête me dit quelque chose...

Pat – Moi aussi, j'ai l'impression de l'avoir déjà vue.

Max – Elle va peut-être nous expliquer ce qu'on fait là...

Dom – Enfin !

Pat – Bonjour Docteur. Alors ça y est, on nous libère ?

Kim – Pas tout à fait encore...

Dom – Si vous nous disiez d'abord qui vous êtes, et pourquoi on est là.

Kim – Je suis.... votre reformateur.

Pat – Reformateur ?

Kim – Je suis là pour vous remettre en forme.

Pat – Je crois qu'avant on appelait ça inquisiteur.

Dom – Et demain on appellera ça rédempteur.

Pat – Mais vous êtes médecin ?

Pat – ¿Los tomarían como rehenes, como a nosotros?

Dom – Si son libres de irse, me pregunto por qué no lo han hecho ya.

Max – Sí... Porque no pasa nada muy emocionante.

Pat – Esto parece un reality show. Hasta nosotros nos aburriremos...

El Doctor Kim viene detrás de ellos. Es la misma actriz que anteriormente interpretó a Sam. Lleva un traje negro con cuello Mao y tiene una sonrisa de presentadora de televisión.

Kim – ¡Queridos amigos, buenos días!

Los otros tres se vuelven, sorprendidos.

Pat – No lleva la misma bata que nosotros. Tiene que ser médico.

Dom – Es curioso, su rostro me suena...

Pat – Yo también tengo la impresión de haberla visto antes.

Max – Tal vez nos explique lo que estamos haciendo aquí...

Dom – ¡Por fin!

Pat – Hola, doctora. Así que, ¿estamos libres?

Kim – No del todo todavía...

Dom – ¿Puede decirnos en primer lugar quién es usted y por qué estamos aquí ?

Kim – Yo soy.... vuestra reformadora.

Pat – ¿Reformadora?

Kim – Estoy aquí para poneros en forma.

Pat – Creo que antes se llamaba inquisidora.

Dom – Mañana se llamará redentora.

Pat – ¿Pero es usted médica?

Kim – En tout cas, je suis docteur... Je suis le docteur Kim. Et je suis là pour vous soigner.

Dom – Nous soigner ?

Kim – Disons... vous remettre dans le droit chemin. Le chemin de la guérison...

Pat – Et comment vous comptez vous y prendre ?

Kim – En vous reformatant, justement. Si c'est encore possible...

Pat – Donc vous n'avez pas de vaccin.

Max – Voilà qui est tout à fait rassurant...

Pat – Mais enfin... pourquoi nous retenez-vous ici ? Le moment est venu de nous le dire.

Kim – Vous avez été en contact avec quelqu'un de dangereux.

Max – Vous voulez dire... quelqu'un porteur d'un virus dangereux ?

Kim – Oui, en quelque sorte. Nous attendons de voir si vous êtes contaminés vous aussi...

Dom – Mais nous n'avons reçu aucun traitement !

Kim – Il n'existe aucun traitement.

Dom – Vous voulez dire aucun traitement d'ordre médical ?

Pat – Mais puisque nous ne souffrons d'aucun symptôme !

Kim – C'est une affection dont l'incubation peut être très longue.

Dom – Et si on est vraiment atteints par ce virus, qu'est-ce que vous allez faire de nous ?

Kim – Nous attendons des instructions à ce sujet.

Dom – J'ai l'impression de parler à un robot, dont le disque dur serait un peu rayé. Vous êtes sûre que ce n'est pas vous qui avez un virus ?

Kim – En cualquier caso, soy doctora... soy la Doctora Kim, y estoy aquí para curaros.

Dom – ¿Para curarnos?

Kim – Digamos... para poneros en el buen camino. En el camino de la curación...

Pat – ¿Y cómo planea hacerlo?

Kim – Reformateándoos, precisamente. Si todavía es posible...

Pat – Así que no tiene una vacuna.

Max – Eso es muy tranquilizador...

Pat – Pero... ¿Por qué nos retienen aquí? Ha llegado el momento de decírnoslo.

Kim – Habéis estado en contacto con alguien peligroso.

Max – ¿Quiere decir... alguien con un virus peligroso?

Kim – Sí, de alguna manera. Estamos esperando para ver si vosotros también estáis contaminados...

Dom – ¡Pero no hemos recibido ningún tratamiento!

Kim – No hay tratamiento.

Dom – ¿Se refiere a ningún tratamiento médico?

Pat – ¡Pero si no padecemos ningún síntoma!

Kim – Es una afección cuya incubación puede ser muy larga.

Dom – Y si estamos realmente infectados por ese virus, ¿qué van a hacer con nosotros?

Kim – Estamos esperando instrucciones al respecto.

Dom – Siento que estoy hablando con un robot cuyo disco duro está un poco rayado. ¿Está segura de que no es usted la que tiene un virus?

Pat – Ce qui est sûr, c'est que nous sommes enfermés ici depuis une semaine, sans aucun contact avec nos familles...

Dom – Même par téléphone !

Pat – Le réseau est brouillé. Les virus, ça ne se transmet pas par téléphone, si ?

Kim – Ça dépend lesquels...

Pat désigne le public.

Pat – Et puis c'est qui, tous ces gens qui nous observent ?

Kim – Ce sont des cobayes eux aussi.

Pat – Eux aussi ? Donc, nous sommes bien des cobayes.

Kim – Nous voulons voir quelles seront leurs réactions après un contact prolongé avec des personnes sévèrement atteintes, comme vous.

Dom – Mais on a aucun contact avec eux !

Kim – Oui. Mais eux ils vous entendent. Et ils vous voient.

Max – J'ai l'impression d'être un hamster dans un laboratoire.

Pat – Si encore on avait une roue pour faire un peu d'exercice.

Kim – Ce n'est pas un jeu, croyez-moi.

Pat – Mais enfin, c'est quoi ce virus, exactement ?

Kim – En réalité... ce n'est pas exactement un virus.

Max – C'est quoi alors ?

Kim – C'est plutôt quelque chose qui se transmet par un contact auditif. Ou visuel. Ou les deux. Par mimétisme, en quelque sorte.

Dom – Ah oui, c'est tout de suite beaucoup plus clair.

Kim – Quelqu'un dans la voiture 13 a eu devant vous un comportement inapproprié, déviant, et donc dangereux.

Pat – Lo que es seguro es que hemos estado encerrados aquí durante una semana, sin ningún contacto con nuestras familias...

Dom – ¡Incluso por teléfono!

Pat – La red está bloqueada. Los virus no se transmiten por teléfono, ¿verdad?

Kim – Depende de cuáles...

Pat señala al público.

Pat – ¿Y quién es toda esa gente que nos está mirando?

Kim – También son conejillos de Indias.

Pat – ¿Ellos también? Así que somos conejillos de indias.

Kim – Queremos ver cuáles serán sus reacciones después de un contacto prolongado con personas severamente infectadas, como vosotros.

Dom – ¡Pero no tenemos contacto con ellos!

Kim – No. Pero ellos os oyen. Y os ven.

Max – Me siento como un hámster en un laboratorio.

Pat – Ojalá tuviéramos una rueda para hacer un poco de ejercicio.

Kim – Esto no es un juego, creedme.

Pat – ¿Cómo es exactamente este virus?

Kim – En realidad... No es exactamente un virus.

Max – ¿Qué es entonces?

Kim – Es más bien algo que se transmite a través del contacto auditivo. O visual. O ambos. Por mimetismo, por decirlo de alguna manera.

Dom – Ah, sí, ahora está mucho más claro.

Kim – Alguien en el coche 13 tuvo un comportamiento inapropiado, desviado, y por lo tanto peligroso.

Pat – Quel genre de comportement ?

Kim – Vous ne vous souvenez vraiment pas ?

Pat – Non.

Kim – Aucun d'entre vous ?

Dom – Non.

Kim – Nous verrons cela. On vous a justement confinés ici pour vérifier que vous n'êtes pas contagieux.

Pat – Contagieux ? Mais vous dites qu'il ne s'agit pas d'un virus !

Kim – Que vous n'êtes pas tentés de reproduire ce dangereux travers, si vous préférez. Au risque de contaminer d'autres personnes.

Pat – Et combien de temps allez-vous nous retenir ici?

Kim – Nous attendons des instructions à ce sujet. Pour l'instant, essayez de vous souvenir.

Max – Nous souvenir de quoi ?

Kim – De ce que vous avez vu et entendu dans cette voiture 13. Je vous laisse y réfléchir encore un peu...

Pat – Mais enfin...

Kim – C'est tout pour aujourd'hui. Chers amis, nous nous reverrons bientôt. Et en attendant, si vous avez besoin de quelque chose, n'hésitez pas à nous le faire savoir.

Pat – Vous le faire savoir ? Comment ? On est enfermés ici, et on n'a aucun moyen de communiquer avec l'extérieur ! Ou même avec le room service...

Kim – Ne vous inquiétez pas... Demandez, et on vous donnera. Cherchez et vous trouverez...

Dom – Frappez et on vous ouvrira ?

Kim s'en va.

Pat – Nous souvenir...

Pat – ¿Qué tipo de comportamiento?

Kim – ¿De verdad no lo recuerda?

Pat – No.

Kim – ¿Ninguno de vosotros?

Dom – No.

Kim – Ya veremos. Os hemos confinado aquí para asegurarnos de que no sois contagiosos.

Pat – ¿Contagiosos? ¡Pero usted dice que no es un virus!

Kim – Para asegurarnos que vosotros no estéis tentados a imitar esta peligrosa perversión, y así poner en peligro a otras personas contaminándolas.

Pat – ¿Y cuánto tiempo nos van a tener aquí?

Kim – Estamos esperando instrucciones sobre esto. Por ahora, tratéis de recordar.

Max – ¿Acordarnos de qué?

Kim – De lo que habéis visto y oído en este coche 13. Os dejo pensar un poco más...

Pat – En fin...

Kim – Eso es todo por hoy. Queridos amigos, nos volveremos a ver pronto. Y mientras tanto, si necesitáis algo, no dudéis en comunicárnoslo.

Pat – ¿Comunicároslo? ¿Y cómo? Estamos encerrados aquí, y no tenemos forma de comunicarnos con el exterior! Ni tan siquiera con el servicio de habitaciones...

Kim – No os preocupéis... Pedid, y se os dará. Buscad, y hallaréis...

Dom – ¿Llamad, y se os abriréis?

Kim se va.

Pat – Que nos acordemos...

Max – Vous vous souvenez de quelque chose, vous ?

Dom – Non... Et vous ?

Pat – Moi non plus...

Dom – Et puis si on se souvenait de quelque chose, personne ne le dirait, non ?

Max – Et pourquoi ça ?

Pat (*désignant le public*) – Je vous rappelle qu'on nous écoute...

Dom – Ça, on ne risque pas de l'oublier.

Max – Se savoir écouté... ça évite les comportements déviants, non ?

Dom – C'est quoi un comportement déviant ?

Pat – Déviant par rapport à quoi ?

Max – Ça... On ne sait pas...

Pat – On ne sait plus.

Dom – On a sûrement dû le savoir un jour... mais on a oublié.

Un temps.

Max – Ça me donne faim, moi, tout ça. Pas vous ?

Max sort.

Pat – Il ne pense vraiment qu'à bouffer, celui-là.

Dom – Je me demande si ce con n'est pas là pour nous surveiller.

Pat – On est déjà surveillés, non ?

Dom – Disons nous surveiller de l'intérieur, alors.

Pat – Un espion ? Ça pourrait être n'importe lequel d'entre nous.

Dom – Oui... Pourquoi pas moi ?

Pat – Je ne pense pas que vous soyez des leurs.

Max – ¿Os acordáis de algo?

Dom – No... ¿Y vosotros?

Pat – Yo tampoco...

Dom – Y si recordáramos algo, nadie lo diría, ¿verdad?

Max – ¿Y eso por qué?

Pat *(apuntando al público)* – Les recuerdo que nos escuchan...

Dom – Eso no se puede olvidar.

Max – Saberse escuchado... evita los comportamientos desviados, ¿no?

Dom – ¿Qué es un comportamiento desviado?

Pat – ¿Desviado de qué?

Max – Eso... No lo sabemos...

Pat – Ya no lo sabemos.

Dom – Probablemente lo supimos un día... pero lo olvidamos.

Un tiempo.

Max – Esto me da hambre, todo esto. ¿A vosotros no?

Max sale.

Pat – Solo piensa en comer.

Dom – Me pregunto si ese idiota está aquí para vigilarnos.

Pat – Ya nos están vigilando, ¿no?

Dom – Quería decir vigilarnos desde dentro.

Pat – ¿Un espía? Podría ser cualquiera de nosotros.

Dom – Sí... ¿Por qué no yo?

Pat – No creo que seas uno de ellos.

Dom – C'est peut-être vous, l'espionne. Et vous essayez de me faire parler.

Pat – Dans ce cas, ce n'est pas très réussi. Vous ne dites rien.

Dom – Je suis prudent, c'est tout...

Pat – Alors c'est moi qui vais parler.

Dom – Comme vous voulez.

Pat – J'ai dit que je ne me souvenais de rien, mais... ce n'est pas tout à fait vrai.

Dom – Vraiment ?

Pat – Je me souviens de quelque chose.

Dom – Je vous écoute... (*Désignant le public*) Tous, nous vous écoutons...

Pat – Je me souviens du couple qui était assis à côté de nous, dans ce train.

Dom – Ah oui...?

Pat – L'homme s'est mis à raconter à la femme une histoire.

Dom – Une histoire ?

Pat – Une histoire de fous.

Dom – Je serai curieux de l'entendre.

Pat – Un fou trouve un miroir. Il le regarde, voit son visage et s'exclame : la tête de ce con me dit quelque chose... L'autre prend le miroir, le regarde à son tour et répond : Évidemment, ce con, c'est moi !

Dom – Et vous trouvez que c'est une histoire de fous ?

Pat – En tout cas, seul un fou peut raconter une histoire aussi insensée. C'est ce qu'on nous a toujours appris, non ?

Dom – Oui...

Dom – Puede que seas tú la espía. Y estás tratando de hacerme hablar.

Pat – En este caso, eres muy bueno. No dices nada.

Dom – Soy cuidadoso, eso es todo...

Pat – Entonces, hablaré yo.

Dom – Como quieras.

Pat – Dije que no recordaba nada, pero... eso no es del todo cierto.

Dom – ¿En serio?

Pat – Me acuerdo de algo.

Dom – Te escucho... *(Mirando hacia el público)* Todos te escuchamos...

Pat – Recuerdo la pareja que estaba sentada a nuestro lado en ese tren.

Dom – ¿Ah, sí...?

Pat – El hombre comenzó a contar a la mujer una historia.

Dom – ¿Una historia?

Pat – Una historia de locos.

Dom – Me gustaría oírla.

Pat – Un loco encuentra un espejo. Lo mira, ve su cara y exclama: la cabeza de este idiota me dice algo... El otro toma el espejo, lo mira a su vez y responde: ¡Claro, soy yo!

Dom – ¿Y crees que es una historia de locos?

Pat – En todo caso, solo un loco puede contar una historia tan absurda. Eso es lo que siempre nos han enseñado, ¿no?

Dom – Sí...

Pat – Et cette histoire, vous la connaissiez déjà avant que je vous la raconte...

Dom – Peut-être.

Pat – Vous l'avez entendue comme moi, dans ce wagon.

Dom – Admettons. Et alors ?

Pat – Le visage de la femme est devenu... comme grimaçant. Elle a été secouée de spasmes des pieds à la tête. Elle a ouvert la bouche et une sorte de cri saccadé est sorti de sa bouche.

Dom – Un cri ? Quel genre de cri ?

Pat – Ah, ah, ah !

Dom – Ah, ah, ah ?

Pat – Ah, ah, ah !

Elle se met à rire d'une façon hystérique.

Dom – Moins fort, je vous en prie... Et après ?

Pat – Elle n'avait pas l'air de souffrir. Il l'a regardée et il s'est mis à avoir les mêmes symptômes.

Dom – Donc c'est bien contagieux. Et ensuite ?

Pat – Des policiers sont arrivés et les ont emmenés tous les deux.

Dom – Je vois...

Pat – Bien sûr que vous voyez. Vous étiez là, comme moi.

Dom – Je ne m'en souviens pas...

Pat – Je ne suis pas une espionne. Vous pouvez vous confier à moi.

Un temps. Il l'entraîne en fond de scène, loin du public.

Dom – Ça s'appelle le rire.

Pat – Pardon ?

Dom – Cette maladie contagieuse dont vous venez de décrire les symptômes. Ça s'appelle le rire.

Pat – Y esta historia, ya la conocías antes de que te la contara...

Dom – Tal vez.

Pat – La oíste igual que yo en ese vagón.

Dom – Admitámoslo. ¿Y qué?

Pat – La cara de la mujer se volvió... como una gran mueca. Fue sacudida por espasmos de los pies a la cabeza. Abrió la boca y una especie de grito le salió de la boca.

Dom – ¿Un grito? ¿Qué tipo de grito?

Pat – ¡Ja, ja, ja!

Dom – ¿Ja, ja, ja?

Pat – ¡Ja, ja, ja!

Ella se pone a reír con histerismo.

Dom – Baja la voz, por favor... ¿Y luego qué?

Pat – Ella no parecía sufrir. Él la miró y empezó a tener los mismos síntomas.

Dom – Así que de verdad es contagioso. ¿Y luego qué?

Pat – Llegaron policías y se los llevaron a los dos.

Dom – Ya veo...

Pat – Claro que lo ves. Estabas ahí, como yo.

Dom – No lo recuerdo...

Pat – No soy una espía. Puedes confiar en mí.

Un momento. Lo arrastra al fondo del escenario, lejos del público.

Dom – Se llama risa.

Pat – ¿Perdón?

Dom – La enfermedad contagiosa cuyos síntomas acabas de describir. Se llama risa.

Pat – Le rire ? Qu'est-ce que c'est que ça ?

Dom – Une maladie que les autorités sanitaires avaient réussi à éradiquer. Enfin pas tout à fait, la preuve.

Pat – Mais c'était quoi, cette maladie ?

Dom – Une affection très ancienne. Aussi ancienne que l'Humanité. Les symptômes étaient relativement bénins, mais cela poussait à des comportements désordonnés. Déviants, comme ils disent...

Pat – Mais je viens de vous raconter la même histoire, et vous n'avez pas ri.

Dom – La deuxième fois, c'est toujours moins marrant. Et puis nous avons perdu l'habitude de rire. Nous ne savons plus ce qui est drôle.

Pat – Drôle ?

Dom – Drôle. Ou comique. Ce qui déclenche le rire. Nous ne savons plus rire.

Pat – Et vous ? Il vous arrive... de rire ?

Dom – En cachette, vous voulez dire ? Parce que sinon... Vous avez vu le sort qui est réservé à ceux qu'on surprend en train de rire.

Pat – Et alors ?

Il se rapproche d'elle et lui parle à voix basse.

Dom – Je fais partie d'un groupe.

Pat – Un groupe terroriste ?

Dom – Oui, si vous voulez. Nous tenons des réunions secrètes. On se raconte des histoires drôles, et on rit. Enfin, on essaie...

Pat – Des histoires de fous ?

Dom – Faut-il être fou pour se moquer des autorités ? Ou même du Guide Suprême...

Pat – ¿Risa? ¿Qué es eso?

Dom – Una enfermedad que las autoridades sanitarias habían logrado erradicar. Pero no del todo...

Pat – ¿Qué era esa enfermedad?

Dom – Un afecto muy antiguo. Tan antiguo como la Humanidad. Los síntomas eran relativamente leves, pero empujaba a comportamientos desordenados. Desviados, como dicen...

Pat – Pero acabo de contarte la misma historia, y no te has reído.

Dom – La segunda vez es siempre menos divertido. Y con el tiempo perdimos el hábito de reír. Ya no sabemos qué es gracioso.

Pat – ¿Gracioso?

Dom – Divertido. O cómico. Lo que desencadena la risa. Ya no sabemos reír.

Pat – ¿Y tú? ¿A veces... te ríes?

Dom – A escondidas, ¿quieres decir? Porque si no... Has visto el destino que se reserva a los que se sorprenden riéndose.

Pat – ¿Y entonces?

Se acerca a ella y le habla en voz baja.

Dom – Soy parte de un grupo.

Pat – ¿Un grupo terrorista?

Dom – Sí, si lo prefieres. Tenemos reuniones secretas. Contamos historias graciosas y nos reímos. Al menos, lo tratamos...

Pat – ¿Historias de locos?

Dom – ¿Es que hay que estar loco para burlarse de las autoridades? ¿O incluso del Líder Supremo...?

Pat – Mais critiquer les autorités, c'est interdit, non ? Et manquer de respect au Guide Suprême, c'est un blasphème.

Dom – Autrefois le blasphème était autorisé.

Pat – Comment savez-vous tout ça ?

Dom – On a retrouvé des livres.

Pat – Des livres ?

Dom – Et des journaux, aussi.

Pat – Qu'est-ce que c'est que ça ?

Dom – C'est comme des tablettes, mais les caractères sont imprimés à l'encre noire sur du papier.

Pat – Comme sur des emballages ?

Dom – Et comme ce n'est pas diffusé sur un réseau, c'est impossible à contrôler.

Pat – Et bien entendu, c'est interdit.

Dom – Il fut un temps où ça ne l'était pas... C'était une autre époque.

Pat – Je ne m'en souviens pas.

Dom – Une époque que tout le monde a oubliée. Les autorités ont tout fait pour ça. En brûlant tous les livres, notamment.

Pat – Le rire...

Dom – C'était le propre de l'homme, paraît-il. Ce qui le distinguait des animaux sociaux comme les abeilles, les fourmis ou les termites...

Pat – Il nous reste l'intelligence.

Dom – Mais pour combien de temps encore... Les professeurs sont devenus des formateurs. Les politiciens des reformateurs. Les informaticiens sont déjà presque des ordinateurs...

Max revient. Ils abandonnent leur conversation.

Pat – Pero criticar a las autoridades está prohibido, ¿no? Y faltarle el respeto al Líder Supremo es blasfemia.

Dom – Antiguamente la blasfemia estaba permitida.

Pat – ¿Cómo sabes todo esto?

Dom – Encontramos algunos libros.

Pat – ¿Libros?

Dom – Y periódicos también.

Pat – ¿Qué es eso?

Dom – Es como una tableta, pero los caracteres se imprimen con tinta negra en papel.

Pat – ¿Cómo en los envases?

Dom – Y como no están en una red, es imposible de controlar.

Pat – Y por supuesto, están prohibidos.

Dom – Hubo un tiempo en el que no lo estaban... Era otra época.

Pat – No lo recuerdo.

Dom – Una época que todo el mundo ha olvidado. Las autoridades han hecho lo necesario para ello. Quemando todos los libros, sobre todo.

Pat – La risa...

Dom – Era propio del ser humano, según parece. Lo que lo distinguía de los animales sociales como las abejas, las hormigas o las termitas...

Pat – Nos queda la inteligencia.

Dom – ¿Pero por cuánto tiempo...? Los profesores se convirtieron en formadores. Los políticos en reformadores. Los informáticos se van convirtiendo en ordenadores.

Max regresa. Abandonan la conversación.

Pat – Vous avez bien mangé ?

Dom – C'était bon ?

Max – Excellent.

Pat – C'était quoi, aujourd'hui ?

Max – Pizza.

Dom – Encore ?

Pat – Combien de temps ils vont nous retenir enfermés ici, à bouffer des pizzas.

Max – J'aime bien, les pizzas.

Dom – Et si on s'évadait ?

Max – S'évader ? Mais c'est interdit, non ?

Dom – Bien sûr... Je plaisantais.

Max – Évidemment, que c'est interdit. Et puis on risquerait de contaminer les autres, dehors.

Dom – Le public, notamment. Là ils n'ont pas l'air de rigoler beaucoup, mais...

Max – Et puis de toute façon, on vous retrouverait vite...

Dom – Bon... Alors qu'est-ce qu'on fait ?

Pat – Il reste de la pizza ?

Max – Il y en a plein dans le congélateur. Il suffit de les passer au micro-ondes.

Dom – Je vous accompagne.

Dom et Pat sortent. Kim revient.

Kim – Alors ? Vous avez réussi à leur arracher quelques informations ?

Max – Aucune... Je me commence à me demander si je suis un très bon informateur...

Kim – Oui, moi aussi... Bon... Mais vous avez bien une opinion ?

Max – Une quoi ?

Pat – ¿Has comido bien?

Dom – ¿Estaba rico?

Max – Excelente.

Pat – ¿Qué había hoy?

Max – Pizza.

Dom – ¿Otra vez?

Pat – ¿Cuánto tiempo nos van a mantener encerrados aquí, comiendo pizza?

Max – Me gusta la pizza.

Dom – ¿Y si nos escapamos?

Max – ¿Escaparnos? Pero está prohibido, ¿no?

Dom – Por supuesto... Estaba bromeando.

Max – Por supuesto que está prohibido. Y además corremos el riesgo de infectar a los demás afuera.

Dom – El público, en particular. De momento no parecen reírse mucho, pero...

Max – Y de todos modos, te encontrarán pronto...

Dom – Bueno... Entonces, ¿qué hacemos?

Pat – ¿Queda algo de pizza?

Max – Hay un montón de ellas en el congelador. Solo tienes que ponerlas en el microondas.

Dom – Yo te acompaño.

Dom y Pat salen. Kim vuelve.

Kim – ¿Entonces? ¿Conseguiste sacarles algo de información?

Max – Ninguna... Empiezo a preguntarme si soy un muy buen informante...

Kim – Sí, yo también... Bueno... Pero tienes una opinión, ¿no?

Max – ¿Una qué?

Kim – Qu'est-ce que vous en pensez ?

Max – Rien. Vous m'avez toujours dit que je pensais trop, Chef. Et que ça pouvait être dangereux...

Kim – De toute façon, on a déjà un dossier sur eux.

Max – Et sur moi, vous avez un dossier, aussi ?

Kim – Évidemment ! C'est même vous qui l'avez rédigé, après vous être dénoncé vous-même à la police pour toucher la récompense. Vous ne vous souvenez pas ?

Max – Si, si... Ça m'a valu dix ans d'internement, pour me remettre dans le droit chemin, comme vous dites.

Kim – Si tout le monde était comme vous, nous aurions beaucoup moins de problèmes, croyez-moi.

Max – Vous êtes sûre que ces gens sont dangereux, Chef ?

Kim – Vous en doutez encore ?

Max – Non, bien sûr...

Kim – Puisque vous êtes incapable de leur soutirer la moindre information, vous me rédigerez un nouveau rapport sur vous-même. Vous me ferez la liste de toutes vos pensées déviantes. Je le veux demain matin sur mon bureau.

Max – Bien chef.

Max regarde autour de lui, et du côté des spectateurs.

Kim – À quoi vous pensez, encore ?

Max – À rien, je vous assure.

Kim – Je vois bien que vous pensez à quelque chose ! Alors ?

Max – Je me demandais... C'est quoi ici ?

Kim – Un théâtre désaffecté.

Max – Un théâtre ?

Kim – ¿Qué te parece?

Max – Nada. Siempre me dijo usted que pensaba demasiado, jefe. Y que podía ser peligroso...

Kim – De todos modos, ya tenemos un archivo sobre ellos.

Max – ¿Y sobre mí, también tiene un archivo?

Kim – ¡Por supuesto! Hasta tú lo escribiste, después de denunciarte a la policía para recibir la recompensa. ¿No te acuerdas?

Max – Sí, sí... me ha costado diez años de internamiento, para volver al buen camino, como usted dice.

Kim – Si todos fueran como tú, tendríamos muchos menos problemas, créame.

Max – ¿Está usted segura de que esta gente es peligrosa, jefe?

Kim – ¿Todavía lo dudas?

Max – No, por supuesto...

Kim – Ya que no puedes obtener ninguna información de ellos, me escribirás un nuevo informe sobre ti mismo. Me harás una lista de todos tus pensamientos desviados. Lo quiero mañana por la mañana en mi escritorio.

Max – Bien, jefe.

Max mira a su alrededor y a los espectadores.

Kim – ¿En qué estás pensando?

Max – En nada, se lo aseguro.

Kim – ¡Puedo ver que estás pensando en algo! ¿Y?

Max – Me preguntaba... ¿Qué es esto?

Kim – Un teatro abandonado.

Max – ¿Un teatro?

Kim – Un lieu où des gens se réunissaient autrefois pour rire ensemble.

Max – Pour rire ?

Kim – À l'époque c'était légal. On pouvait se moquer de tout. Même des autorités.

Max – Même du Guide Suprême ?

Kim – Même de soi-même.

Max – Heureusement que cette époque est définitivement révolue.

Kim – Oui... Ne me dites pas que vous pensez encore à quelque chose...

Max – Je vais aller faire mon rapport.

Max sort. Kim se dirige vers le public.

Kim – Et vous ça va ? Pas de symptômes alarmants ? Pas de rires intempestifs ? Bon, alors si vous vous tenez à carreaux, on vous laissera sortir tout à l'heure...

Kim sort. Dom et Pat reviennent.

Dom – Vous croyez que c'est lui ?

Pat – Qui ?

Dom – Sam ! Vous croyez que c'est un espion !

Pat – Donc vous ne pensez plus que ça puisse être moi.

Dom – Non.

Un temps.

Pat – Ce couple, vous vous en souvenez très bien.

Dom – Quel couple ?

Pat – L'homme qui raconte une histoire à la femme, et ils rient tous les deux.

Dom – Et pourquoi pensez-vous que je m'en souviens ?

Pat – Parce que ce couple, c'était nous.

Kim – Un lugar donde las personas solían reunirse para reírse juntas.

Max – ¿Para reírse?

Kim – En ese momento era legal. Se podía hacer burla de todo. Incluso de las autoridades.

Max – ¿Incluso del Líder Supremo?

Kim – Incluso de uno mismo.

Max – Por suerte, esta época ha terminado definitivamente.

Kim – Sí... No me digas que todavía estás pensando en algo...

Max – Voy a escribir este informe.

Max sale. Kim se dirige al público.

Kim – ¿Y ustedes qué tal? ¿No tienen síntomas alarmantes? ¿No tienen risas sin sentido? Bueno, si no se meten en problemas, les dejaremos salir más tarde...

Kim sale. Dom y Pat vuelven.

Dom – ¿Crees que es él?

Pat – ¿Quién ?

Dom – ¡Sam! ¡Crees que es un espía!

Pat – Así que ya no crees que pueda ser yo.

Dom – No.

Un tiempo.

Pat – Esa pareja, la recuerdas muy bien.

Dom – ¿Qué pareja?

Pat – El hombre que le cuenta una historia a la mujer, y ambos se ríen.

Dom – ¿Y por qué crees que lo recuerdo?

Pat – Porque esa pareja éramos nosotros.

Dom – Oui peut-être. (*Un temps*) Vous n'aviez jamais ri auparavant ?

Pat – Non. Je ne savais pas ce qui m'arrivait. C'était comme... Je ne contrôlais plus rien... J'avais un peu honte.

Dom – Je comprends. Ça fait toujours ça la première fois.

Pat – Et vous ? Vous avez déjà ri avec d'autres femmes, avant ?

Dom – Oui. Avec d'autres femmes. D'autres hommes aussi. Parfois à plusieurs.

Pat – À plusieurs...

Dom – Et ça vous a plu ?

Pat – Je... Je ne sais pas...

Dom – Ça vous a plu.

Pat – Oui...

Dom – Vous verrez, c'est comme une drogue. Une fois qu'on a essayé, on ne peut plus s'en passer.

Pat – C'est bien ce qui me fait peur. Et c'est pour ça qu'on nous a enfermés ici, non ?

Dom – Oui... Les deux autres, en face de nous, ça devait être des policiers.

Pat – C'est eux qui nous ont amenés ici. Ils étaient masqués, mais j'ai reconnu leur voix.

Dom – Alors vous saviez.

Pat – Oui. Mais pourquoi deux personnes qui rient, ça les inquiète à ce point ?

Dom – Le rire a un effet dévastateur, ils le savent.

Pat – Dévastateur ? Vous voulez dire que c'est dangereux pour la santé ?

Dom – Pour la santé, non. Ce serait même plutôt bon. C'est pour eux que le rire est dangereux.

Pat – Et pourquoi ça ?

Dom – Tal vez sí. *(Breve pausa)* ¿Nunca te habías reído antes?

Pat – No. No sabía lo que me estaba pasando. Fue como... No podía controlar nada... Estaba un poco avergonzada.

Dom – Lo entiendo. Siempre pasa eso la primera vez.

Pat – ¿Y tú? ¿Te has reído con otras mujeres antes?

Dom – Sí. Con otras mujeres. Y con otros hombres también. A veces con varios.

Pat – ¿Con varios...?

Dom – Sí... ¿Y te gustó?

Pat – ¿A mí? No sé...

Dom – Te gustó.

Pat – Sí...

Dom – Lo verás, es como una droga. Después de probarlo, ya no hay marcha atrás.

Pat – Eso es lo que me asusta. Y por eso nos encerraron aquí, ¿no?

Dom – Sí... Los otros dos, frente a nosotros, debían ser policías.

Pat – Ellos nos trajeron aquí. Estaban enmascarados, pero reconocí su voz.

Dom – Entonces lo sabías.

Pat – Sí. ¿Pero por qué dos personas que se ríen les preocupa tanto?

Dom – La risa tiene un efecto devastador, ellos lo saben.

Pat – ¿Devastador? ¿Quieres decir que es peligroso para la salud?

Dom – Para la salud, no. Sería bastante bueno. Pero para ellos, la risa es peligrosa.

Pat – ¿Y eso por qué?

Dom – Quand on commence à rire de tout, on est beaucoup moins naïf et donc beaucoup moins docile. Le rire est subversif...

Pat – Et qu'est-ce qu'ils vont faire de nous ?

Dom – Je ne sais pas. On leur fait peur.

Pat – Peur ?

Dom – Ils craignent que ce rire soit contagieux. Et que cette épidémie emporte tout le système. Et eux avec...

Pat – Vous croyez qu'ils pourraient nous tuer.

Dom – Ils y ont sûrement déjà pensé. Mais ils ne peuvent pas tuer tout le monde...

Pat – Alors qu'est-ce qu'on fait ?

Dom – Vous voulez que je vous en raconte une autre ?

Pat – Une autre blague ?

Dom – Mourir pour mourir, autant mourir de rire...

Pat – Je vous préviens, je suis mariée.

Dom – Rassurez-vous, rire ce n'est pas vraiment tromper.

Pat – Je vous écoute...

Dom – Alors c'est l'histoire de...

Pat – Ne restons pas là, je crois qu'on nous écoute...

Dom – Vous avez raison... Allons plutôt dans ma chambre...

Ils sortent. Kim et Max reviennent.

Max – Tenez, chef, voilà mon rapport.

Kim – Ce n'est pas très épais... Vous êtes sûr que vous n'avez rien oublié.

Max – Absolument sûr, chef.

Kim – Où sont-ils passés ? Ils ne se seraient pas échappés, au moins...

Max – Ils doivent être dans leurs chambres.

Dom – Cuando empiezas a reírte de todo, eres mucho menos ingenuo y por lo tanto mucho menos dócil. La risa es subversiva...

Pat – ¿Qué van a hacer con nosotros?

Dom – No lo sé. Les damos miedo.

Pat – ¿Miedo?

Dom – Temen que esta risa sea contagiosa. Y que esta epidemia se lleve todo el sistema. Y ellos también...

Pat – Crees que podrían matarnos.

Dom – Seguramente ya lo han pensado. Pero no pueden matar a todo el mundo...

Pat – ¿Entonces qué hacemos?

Dom – ¿Quieres que te cuente otra...?

Pat – ¿Otra broma?

Dom – Vamos a morir, así que mejor morirse de risa...

Pat – Te lo advierto, estoy casada.

Dom – No te preocupes, reír no es realmente engañar.

Pat – Te estoy escuchando...

Dom – Así que esta es la historia de...

Pat – Aquí no, creo que nos escuchan...

Dom – Tienes razón... Vamos a mi habitación...

Salen. Kim y Max vuelven.

Max – Aquí está mi informe.

Kim – No es muy grueso... ¿Estás seguro de que no has olvidado nada?

Max – Absolutamente seguro, jefe.

Kim – ¿Dónde están? Al menos, no se habrían escapado...

Max – Deben estar en sus habitaciones.

On entend rire bruyamment Dom et Pat.

Kim – Maintenant au moins, on est fixés.

Max – Oui... Ils ont bel et bien attrapé le virus.

Ils les écoutent rire à nouveau, un peu gênés et un peu troublés.

Kim – Vous avez déjà ri, vous ?

Max – Non, et vous ?

Kim – Ça a l'air douloureux, non ?

Max – Je ne sais pas, je vous dis que je n'ai jamais ri. Vous essayez encore de me piéger ?

Nouveaux éclats de rire en off.

Kim – Cette fois, on n'a pas le choix. Il faut en référer à l'Autorité...

Noir.

Se oye la risa de Dom y Pat.

Kim – Al menos ahora estamos seguros.

Max – Sí... De hecho, contrajeron el virus.

Los escuchan reír de nuevo, un poco avergonzados y un poco confundidos.

Kim – ¿Alguna vez te has reído?

Max – No, ¿y usted?

Kim – Parece doloroso, ¿verdad?

Max – No lo sé, le digo que nunca me he reído. ¿Está usted tratando de engañarme otra vez?

Nuevas carcajadas en off.

Kim – Esta vez, no tenemos elección. Hay que consultar a la Autoridad...

Oscuro.

Acte 3

Kim est debout, toujours en costume Mao. Dom, Pat et Max sont assis. Dom et Pat portent toujours leurs blouses bleues, roses ou vertes de patients, mais Max porte désormais une blouse blanche façon infirmier.

Kim – Chers amis, merci tout d'abord d'avoir répondu à notre invitation.

Pat – On n'a pas tellement le choix...

Dom – On est prisonniers !

Kim se racle la gorge et poursuit comme si de rien n'était.

Kim – Donc, je vous ai réunis ici pour une thérapie de groupe.

Pat – Vous voulez dire un interrogatoire...

Kim – Nous savons que deux d'entre vous ont été victimes d'une crise de rire depuis leur arrivée ici. Ce qui prouve que l'un ou l'autre était déjà contaminé avant cette mise en quarantaine. Et que le deuxième a contracté le virus à son contact.

Dom – Si vous le savez, pourquoi ce simulacre d'enquête ?

Kim – Nous attendons des coupables qu'ils se dénoncent eux-mêmes. Cela fait partie de la thérapie...

Max – Rire, nous ? Mais nous ne savons même pas ce que ça veut dire. N'est-ce pas, mes amis ?

Pat – Ça va, laissez tomber... On a compris que vous étiez un espion.

Max – Mais je vous assure que...

Dom – Un très mauvais espion, d'ailleurs.

Max – Bon d'accord, un infiltré, peut-être, mais je ne suis pas un espion. Les espions, c'est quand on est du mauvais côté. Nous on est du bon côté, n'est-ce pas Chef ?

Kim – Monsieur n'est pas un espion. C'est un informateur.

Acto 3

Kim está de pie, siempre con el traje de negro de cuello Mao. Dom, Pat y Max están sentados. Dom y Pat siempre usan sus batas (azules, rosas o verdes) de los pacientes, pero Max ahora usa una bata blanca de enfermería.

Kim – Queridos amigos, en primer lugar, gracias por haber respondido a nuestra invitación.

Pat – No teníamos muchas opciones...

Dom – ¡Estamos atrapados!

Kim se limpia la garganta y continúa como si nada hubiera pasado.

Kim – Así que os he reunido aquí para terapia de grupo.

Pat – ¿Te refieres a un interrogatorio... ?

Kim – Sabemos que dos de vosotros han sido víctimas de una crisis de risa desde que llegaron aquí. Lo que prueba que uno de ellos ya estaba infectado antes de la cuarentena. Y el otro, contrajo el virus al entrar en contacto con él.

Dom – Si estáis tan seguros, ¿por qué este simulacro de investigación?

Kim – Esperamos que los culpables se denuncien a sí mismos. Es parte de la terapia...

Max – ¿Nos reímos? Pero si ni siquiera sabemos lo que significa eso. ¿Verdad, amigos?

Pat – Está bien, déjalo... ya nos dimos cuenta de que eras un espía.

Max – Pero yo te aseguro que...

Dom – Un espía muy malo, por cierto.

Max – Bueno, un infiltrado, tal vez, pero no soy un espía. Los espías es cuando estás en el lado equivocado. Estamos en el lado correcto, ¿verdad, jefe?

Kim – El señor no es un espía. Es un informante.

Dom – Et vous, vous êtes quoi, exactement ?

Kim – Je suis votre reformateur.

Dom – Un réformateur ?

Kim – Je suis ici pour vous reformater.

Dom – Ce n'est pas le sens originel du mot réformateur.

Kim – Regardez dans le dictionnaire, et vous verrez !

Dom – C'est vous qui l'avez entièrement réécrit, ce dictionnaire. Mais j'ai retrouvé un exemplaire d'une vieille encyclopédie, et je connais le sens que tous ces mots avaient autrefois.

Kim – C'est à l'Autorité qu'il appartient désormais de définir le sens de chaque mot, en prenant pour seule considération le bien de la Nation.

Dom – Vous avez tout réécrit, même la Bible ! Vous avez remplacé Dieu par le Guide Suprême ! Et vous avez brûlé tous les livres pour ne laisser aucune trace du passé !

Kim – Apparemment pas tous, puisque vous semblez en avoir lu quelques-uns.

Dom – Tout ce qu'on peut lire aujourd'hui, c'est sur un écran via un réseau dont vous avez entièrement le contrôle.

Pat – Donc, vous voulez nous reformater... Effacer le disque dur et réinstaller le système d'exploitation, c'est ça ?

Dom – Et aussi installer un anti-virus, probablement...

Kim – Le rire, c'est très addictif. Quand on a ri une fois, on sera toujours tenté de recommencer.

Pat – Alors d'après vous, le rire serait une drogue ?

Dom – Une drogue douce, en tout cas.

Kim – L'addiction au rire, c'est comme l'addiction à l'alcool. On n'en guérit jamais tout à fait. On peut s'abstenir de rire. Mais la tentation sera toujours là.

Dom – ¿Y tú qué eres, exactamente?

Kim – Yo soy tu reformador.

Dom – ¿Un reformador?

Kim – Estoy aquí para reformatearos.

Dom – Ese no es el significado original de la palabra reformador.

Kim – ¡Mira en el diccionario y verás!

Dom – Este diccionario, vosotros lo reescribisteis completamente. Pero encontré una copia de una vieja enciclopedia, y sé lo que significaban todas esas palabras.

Kim – Corresponde ahora a la Autoridad definir el sentido de cada palabra, teniendo como única consideración el bien de la Nación.

Dom – ¡Habéis reescrito todo, incluso la Biblia! ¡Habéis reemplazado a Dios por el Guía Supremo! ¡Y quemasteis todos los libros para no dejar rastro del pasado!

Kim – Aparentemente no todos, ya que parece que habéis leído algunos.

Dom – Todo lo que se puede leer hoy en día es en una pantalla a través de una red de la que usted tiene todo el control.

Pat – Así que quieres reformatearnos... Borrar el disco duro y reinstalar el sistema operativo, ¿verdad?

Dom – Y también instalar un antivirus, probablemente...

Kim – La risa es muy adictiva. Cuando te has reído una vez, siempre te sentirás tentado a empezar de nuevo.

Pat – ¿Entonces crees que la risa es una droga?

Dom – Una droga blanda, al menos.

Kim – La adicción a la risa es como la adicción al alcohol. Nunca se cura del todo. Se puede evitar la risa. Pero la tentación siempre estará ahí.

Max – Alcoolique un jour, alcoolique toujours.

Kim – Vous savez de quoi vous parlez. On vous a envoyé en cure de désintoxication pendant dix ans. Vous buviez de l'alcool en cachette. Et vous vous étiez dénoncé vous-même à la police.

Max – Maintenant, je ne bois plus.

Dom – Mais qu'est-ce qu'il bouffe...

Max – Alors cette thérapie, c'est un peu comme une réunion des alcooliques anonymes ?

Kim – C'est ça... Une réunion des rieurs anonymes.

Pat – Dont le but est de démasquer ceux qui rient en cachette.

Kim – Exactement.

Dom – Et comment vous allez faire ça ?

Kim – Je vais vous raconter une histoire. Une histoire drôle, paraît-il. On verra bien qui d'entre vous se met à rire.

Pat – Je vois. Un test de dépistage, en somme.

Dom – C'est curieux, mais quelle que soit l'histoire que vous allez nous raconter, je doute que vous fassiez rire quiconque.

Kim – Et pourquoi ça ?

Dom – Parce que pour rire, on doit être entre gens consentants et de bonne compagnie.

Pat – Là, en gros, vous nous dites que le premier qui rira partira en camp de rééducation.

Dom – Ou pire, sera exécuté.

Kim – Comment vous avez deviné ?

Pat – Je suis déjà morte de rire...

Kim – Bon, je vous raconte quand même mon histoire.

Max – On vous écoute, Chef.

Max – Alcohólico un día, alcohólico siempre.

Kim – Sabes de lo que estás hablando. Te enviaron a rehabilitación durante diez años. Bebías alcohol a escondidas. Y tú te entregaste a la policía.

Max – Ahora no bebo.

Dom – Pero cuanto comes...

Max – ¿Así que esta terapia es como una reunión de alcohólicos anónimos?

Kim – Eso es... una reunión de reidores anónimos.

Pat – Cuyo objetivo es desenmascarar a los que se ríen a escondidas.

Kim – Eso es, exactamente.

Dom – ¿Y cómo vas a hacer eso?

Kim – Os voy a contar una historia. Una historia divertida, según dicen. Veremos quién se ríe.

Pat – Ya veo. Una prueba de detección, en resumen.

Dom – Es curioso, pero cualquiera que sea la historia que nos cuentes, dudo que hagas reír a alguien.

Kim – ¿Y eso por qué?

Dom – Porque para reír, uno tiene que estar en buena compañía. O por lo menos entre personas voluntarias.

Pat – Ahora, básicamente, nos estás diciendo que el primero que se ría, irá a un campamento de rehabilitación.

Dom – O peor aún, será ejecutado.

Kim – ¿Cómo lo adivinaste?

Pat – Ya me estoy riendo...

Kim – Bueno, les contaré mi historia de todos modos.

Max – Estamos escuchando, jefe.

Kim – Un fou trouve un miroir. Il le regarde, voit son visage et s'exclame : la tête de ce con me dit quelque chose. L'autre prend le miroir, le regarde à son tour et répond : Évidemment, c'est moi.

Max – C'est complètement idiot.

Kim – C'est justement ça qui est drôle, non ? Enfin je crois.

Dom – Après, ça dépend comment on la raconte.

Pat – Et surtout qui la raconte.

Kim – Vous croyez ?

Pat – Quand on sait qu'on va être exécuté si on rit, ça n'aide pas.

Kim – Vous trouvez ?

Pat – Bah non.

Kim – Je vois ce que vous voulez dire... Alors on n'a qu'à dire... le premier qui rira aura une tapette ! Qui veut jouer avec moi ?

Les autres restent silencieux.

Max – Moi je veux bien jouer avec vous, chef.

Kim – Bon... Si tu ris, tu perds...

Ils prennent chacun un verre d'eau et boivent en gardant le liquide dans leur bouche. Puis ils se prennent l'un l'autre par le menton. Ils restent immobiles et silencieux pendant un long moment, en se regardant fixement dans les yeux avec un air très sérieux. Les autres les regardent avec perplexité. Peu à peu, Max commence à sourire, avant de laisser échapper un éclat de rire, crachant par là même à la figure de l'autre l'eau qu'il retenait dans sa bouche. Le rire étant contagieux, tous les autres éclatent également de rire.

Kim – Tout le monde est contaminé, alors...

Dom – Il est des nôtres, il s'est mis à rire comme les autres...

Kim – Un loco encuentra un espejo. Lo mira, ve su cara y exclama: la cabeza de este idiota me dice algo. El otro toma el espejo, lo mira a su vez y responde: Evidentemente, soy yo.

Max – Es una estupidez.

Kim – Eso es lo gracioso, ¿no? Así lo creo.

Dom – Bueno, depende de cómo se cuente.

Pat – Y sobre todo quién la cuente.

Kim – ¿Tú crees?

Pat – Cuando sabes que vas a ser ejecutado si te ríes, no ayuda.

Kim – ¿Eso te parece?

Pat – Por supuesto.

Kim – Ya veo lo que quieres decir... Así que solo tenemos que decir... el primero que ría, pierde. ¿Quien quiere jugar conmigo?

Los demás permanecen callados.

Max – Yo jugaré con usted, jefe.

Kim – Vale... Si te ríes, pierdes...

Cogen un vaso y se llenan las mejillas de agua. Luego se toman el uno al otro por la barbilla y permanecen inmóviles y callados durante un tiempo muy largo, mirándose en los ojos con intensidad y con aire muy serio. Los demás les miran con perplejidad. Después de un momento, Max empieza a sonreír, antes de dejar estallar una carcajada, escupiendo al mismo tiempo en la cara del otro el agua que tenía en la boca. Como la risa es contagiosa, todos lo imitan, menos Kim.

Kim – Todo el mundo está infectado, entonces...

Dom – Ahora es uno de los nuestros. Se rió como los demás...

Kim (*à Max)* – Bon, vous, maintenant, vous êtes vraiment en quarantaine.

Max essaie de reprendre son sérieux.

Max – À vos ordres, chef.

Mais Max ne peut s'empêcher de continuer à rire.

Kim – Vous trouvez ça drôle ?

Max – Mais pas du tout ! Enfin si, mais...

Dom (*à Kim)* – Vous voyez que vous aussi, vous pouvez être drôle, quand vous voulez. Enfin plutôt quand vous ne voulez pas...

Ils continuent tous à rire de façon un peu hystérique. Kim semble très incommodée, et presque effrayée par ces rires.

Kim – Je vous ordonne d'arrêter de rire !

Mais les autres, emportés par ce fou rire, ne peuvent pas s'arrêter. Kim se bouche les oreilles, et sort précipitamment. Dom, Pat et Max cessent peu à peu de rire.

Dom – Alors, quel effet ça fait ?

Max – De rire ? Je ne sais pas... Je pensais que c'était douloureux. En réalité, c'est plutôt agréable.

Pat – Très agréable...

Max – En tout cas, ça soulage.

Dom – Et dire qu'autrefois, on avait le droit de rire en public...

Pat – Comment on en est arrivés là ?

Dom – Ça a débuté il y a très longtemps, mais ça s'est installé progressivement. On a commencé par interdire de rire à propos de certaines choses. De la religion, d'abord...

Max – Et des autorités, bien sûr.

Kim *(a Max)* – Bueno, ahora tú también estás en cuarentena.

Max intenta recomponerse.

Max – A sus órdenes, jefe.

Pero Max no puede dejar de reírse de nuevo, sin poder parar.

Kim – ¿Crees que es gracioso?

Max – ¡No, en absoluto! Bueno, sí, pero...

Dom *(a Kim)* – Ya ves que tú también puedes ser divertida, cuando quieres. Bueno, mejor dicho cuando no quieres...

Todos siguen riéndose histéricamente. Kim parece muy incómoda y casi asustada por esas risas.

Kim *(a Max)* – ¡Os ordeno que dejéis de reíros!

Pero los otros, arrebatados por esta risa loca, no pueden detenerse. Kim se cubre los oídos, y sale precipitadamente. Dom, Pat y Max dejan de reírse poco a poco.

Dom – Entonces, ¿cómo te sientes?

Max – No sé... ¿Reírse? Pensé que era doloroso. En realidad, es bastante agradable.

Pat – Muy agradable...

Max – Bueno, eso alivia.

Dom – Y pensar que antes se podía reír en público...

Pat – ¿Cómo llegamos a esto?

Dom – Empezó hace mucho tiempo, pero se fue instalando gradualmente. Empezamos prohibiendo reírnos de ciertas cosas. De la religión, en primer lugar...

Max – Y de las autoridades, por supuesto.

Dom – Et puis on a fait du Guide Suprême un nouveau Dieu, et toute critique est devenue un blasphème.

Max – L'alcool a été interdit aussi, parce que quand on est saoul, on a tendance à rire plus facilement.

Dom – L'Autorité avait établi une liste de sujets dont on pouvait encore rire. Au fil des années, la liste est devenue de plus en plus courte.

Max – Au bout du compte, ils ont décidé que le plus simple, c'était d'interdire de rire.

Dom – Et c'est comme ça que peu à peu, de ne plus avoir le droit de rire de tout, on n'en est arrivé à ne plus avoir le droit de rire de rien...

Max – Finalement, on n'avait même plus le droit de rire de soi-même...

Dom – Même les pauvres n'avaient plus le droit de rire de leur propre malheur.

Pat – Mais comment ont-ils fait pour faire respecter cette interdiction ?

Dom – Les autorités ont traité le rire comme une maladie mentale. Ceux qu'on surprenait à rire étaient immédiatement internés.

Max – Et bien sûr, on a supprimé tout ce qui pouvait donner envie de rire.

Dom – Interdiction des journaux, fermeture des théâtres, autocensure généralisée...

Max – Les clowns, les humoristes et les comédiens étaient considérés comme de dangereux terroristes.

Dom – Le rire était traité comme la lèpre autrefois. Des gens ont été murés vivants chez eux parce qu'on les avait entendus rire.

Max – On a aussi forcé toute la population à porter un masque.

Dom – Y entonces el Líder Supremo se convirtió en un nuevo Dios, y toda crítica se convirtió en blasfemia.

Max – El alcohol también ha sido prohibido, porque cuando uno está borracho, tiende a reír más fácilmente.

Dom – La Autoridad había elaborado una lista de temas de los que aún se podía reír. Con los años, la lista se ha vuelto cada vez más corta.

Max – Al final, decidieron que lo más fácil era no reírse.

Dom – Y así es como poco a poco, de no tener derecho a reírse de todo, se ha llegado a no tener derecho a reírse de nada...

Max – Al final, ni siquiera podías reírte de ti mismo...

Dom – Ni siquiera los pobres tenían derecho a reírse de su propia desgracia.

Pat – ¿Pero cómo hicieron para hacer cumplir esta prohibición?

Dom – Las autoridades trataron la risa como una enfermedad mental. Los que eran sorprendidos riendo eran inmediatamente internados.

Max – Y, por supuesto, eliminamos todo lo que daba ganas de reír.

Dom – Prohibición de periódicos, cierre de teatros, autocensura generalizada...

Max – Los payasos, humoristas y actores eran considerados terroristas peligrosos.

Dom – La risa era tratada como la lepra. La gente fue tapiada viva en su casa porque se les había oído reír.

Max – También forzamos a toda la población a usar una máscara.

Dom – Au prétexte de se protéger d'un virus. En réalité, c'était pour qu'on ne voit plus ne serait-ce qu'un sourire sur le visage de personne. Ces masques étaient devenus comme des muselières.

Max – Comme dans certaines religions, autrefois.

Dom – Avant que l'Autorité ne devienne la seule et unique religion.

Max – Peu à peu, on n'a plus entendu rire personne.

Dom – En interdisant de rire, bien sûr, on interdisait aussi de critiquer, et de protester.

Max – Plus de conflits sociaux, plus de débats politiques, et donc plus d'élection.

Dom – Comme c'était déjà le cas dans bon nombre de dictatures laïques ou religieuses.

Max – L'Autorité pensait ce mal définitivement éradiqué. Mais quelques cas sporadiques ont resurgi récemment. Vous êtes parmi ceux-là.

Pat – Qu'est-ce qu'ils vont faire de nous ? Nous tuer ?

Max – Avant de vous éliminer, puisque vous êtes considérés comme des rieurs impénitents et donc incurables, ils voulaient vous utiliser pour faire des expériences.

Pat – Des expériences ?

Max – Étudier la réaction du public à votre contact, observer comment le mal se propage, et voir les ravages que peut provoquer le rire sur une population saine.

Pat considère le public.

Pat – Alors on était supposés les faire rire ?

Dom – On connaît seulement quelques mauvaises blagues...

Pat – Il va falloir réapprendre à rire et à faire rire.

Un temps.

Dom – Con el pretexto de protegerse de un virus. En realidad, era para que no se viera ni siquiera una sonrisa en la cara de nadie. Esas máscaras se habían convertido en bozales.

Max – Como en otras religiones.

Dom – Antes de que la Autoridad se convierta en la única religión.

Max – Poco a poco, no oímos reír a nadie.

Dom – Al prohibir la risa, por supuesto, también se prohibía criticar y protestar.

Max – No más conflictos sociales, no más debates políticos, y por lo tanto no más elecciones.

Dom – Como ya ocurría en muchas dictaduras seculares o religiosas.

Max – La Autoridad pensaba que este mal estaba definitivamente erradicado. Pero algunos casos esporádicos han resurgido recientemente. Vosotros estáis entre ellos.

Pat – ¿Qué van a hacer con nosotros? ¿Matarnos?

Max – Antes de eliminaros, ya que se os consideraba personas impenitentes e incurables, querían usaros para experimentos.

Pat – ¿Experimentos?

Max – Estudiar la reacción del público a su contacto, observar cómo el mal se propaga, y ver los estragos que puede causar la risa en una población sana.

Pat considera al público.

Pat – ¿Se suponía que los hacíamos reír?

Dom – Solo conocemos algunos chistes malos...

Pat – Tenemos que aprender de nuevo a reír y hacer reír.

Un tiempo.

Max – Mais qu'est-ce qui se passera si le Guide Suprême nous abandonne ?

Dom – Ce ne sera pas la fin du monde. Un recommencement plutôt. Les formateurs redeviendront professeurs. Et les reformateurs politiciens...

Max – Et les informateurs comme moi ? Je ne sais rien faire ! Qu'est-ce que je vais devenir ?

Dom – Si vous ne savez rien faire, vous pourrez toujours devenir comédien.

Noir.

Max – ¿Pero qué pasa si el Líder Supremo nos abandona?

Dom – No será el fin del mundo. Un nuevo comienzo, más bien. Los formadores volverán a ser profesores. Y los reformistas, políticos...

Max – ¿Y los informantes como yo? ¡No sé hacer nada! ¿Qué voy a hacer?

Dom – Si no sabes hacer nada... siempre puedes llegar a ser actor.

***Oscuro*.**

Acte 4

Pat fait les cent pas, inquiète. Elle s'avance vers le public.

Pat – Ne vous inquiétez pas, on va bientôt vous libérer, vous aussi. Enfin, j'espère...

Dom arrive.

Dom – Alors, du nouveau ?

Pat – Toujours rien. Il m'a semblé entendre un peu d'agitation dehors. Mais le son est très atténué.

Dom – Les théâtres sont toujours très bien insonorisés.

Pat – Où est passé l'espion ?

Dom – Il est en train de finir les pizzas...

Pat – On est toujours enfermés ici, coupés du monde. Ça fait des jours qu'on n'a plus aucune nouvelle de l'extérieur.

Dom – Quand il n'y aura plus rien dans le congélo, on va mourir de faim. Nous qui pensions mourir de rire...

Pat – Vous pensez qu'on sortira d'ici vivants ?

Dom – Est-ce qu'on n'était pas déjà morts avant cette mise en quarantaine...?

Pat – Vous avez raison. La seule véritable maladie dont on souffre depuis longtemps, c'est la sinistrose.

Dom – Et le rire serait plutôt son antidote.

Max revient.

Max – J'entends des bruits bizarres, dehors... Pas vous ?

Dom – Non...

Ils prêtent l'oreille tous les trois.

Pat – Ah oui, peut-être... Ça vient de très loin...

Dom – Ça ressemble à... des explosions, non ?

Max – Des explosions ? Des explosions de rire, alors.

Acto 4

Pat camina inquieta. Se acerca al público.

Pat – No os preocupéis, pronto os liberarán a vosotros también. Bueno, eso espero...

Dom llega.

Dom – ¿Qué hay de nuevo?

Pat – Todavía nada. Me pareció oír un poco de agitación afuera. Pero el sonido está muy atenuado.

Dom – Los teatros están siempre muy bien insonorizados.

Pat – ¿Dónde está el espía?

Dom – Está terminando las pizzas...

Pat – Siempre estamos encerrados aquí, aislados del mundo. Hace días que no tenemos noticias del exterior.

Dom – Pronto no quedaran pizzas en el congelador. Nos moriremos de hambre. Cuando pensabamos morir de risa.

Pat – ¿Crees que saldremos de aquí con vida?

Dom – ¿No estábamos muertos ya antes de la cuarentena...?

Pat – Tienes razón. La única enfermedad real que hemos padecido durante mucho tiempo es la desesperanza.

Dom – Y la risa sería su antídoto.

Max vuelve.

Max – Oigo ruidos extraños afuera... ¿Vosotros no?

Dom – No...

Los tres escuchan.

Pat – Ah sí, tal vez... Viene de muy lejos...

Dom – Suena como... explosiones, ¿verdad?

Max – ¿Explosiones? Explosiones de risa, entonces.

Kim revient. Le visage défait et sa tenue en désordre. Il porte un panneau d'interdiction de rire : sur un papier fixé à un cadre rond cerclé de rouge, un visage hilare façon émoticône, barré d'un trait rouge.

Max – Ça n'a pas l'air d'aller, Chef. Qu'est-ce qui vous arrive ?

Kim – La situation a évolué...

Max – Et pas dans le bon sens, apparemment.

Kim – Ça dépend pour qui.

Max – L'épidémie se propage ?

Kim – Hélas, c'est devenu une pandémie à l'échelle planétaire. Une crise de rire totalement hors de contrôle. Un fou rire généralisé. On rapporte des explosions de rire un peu partout en ville.

Max – C'est si grave que ça ?

Kim – Des rires éclatent à tous les coins de rues. La police est complètement dépassée. Pire. Beaucoup de policiers sont déjà morts de rire... Ils rient à s'en décrocher les mâchoires. Ils rient à s'en faire péter les côtes ! Ils se tordent de rire ! Ils sont écroulés de rire ! Ils rient comme des déments ! Ils rient comme des bossus ! Ils rient à s'en rouler par terre ! Ils pissent de rire ! Ils pleurent de rire !

Max – Ah parce qu'on peut aussi pleurer de rire ?

Kim – Vous connaissez l'expression plus on est de fous, plus on rit ?

Max – Non.

Kim – Eh bien je peux vous dire que le monde entier est devenu fou !

Dom – Alors la révolution est en marche...

Kim – C'est notre système tout entier qui s'effondre. Les autorités ont démissionné, et le Guide Suprême a quitté le pays.

Max – Le Guide Suprême ? Mais pour aller où ?

Kim vuelve. Parece en muy mal estado y su atuendo es un desastre. Lleva una señal de prohibición de reír: sobre un papel fijado a un marco redondo rodeado de rojo, una cara hilarante como emoticono, tachada con un trazo rojo.

Max – No parece estar bien, Jefe. ¿Qué le pasa?

Kim – La situación ha cambiado...

Max – Y no en el buen sentido, aparentemente.

Kim – Depende para quién.

Max – ¿Se propaga la epidemia?

Kim – Desafortunadamente, se ha convertido en una pandemia a escala planetaria. Una crisis de risa totalmente fuera de control. Una risa loca generalizada. Hay reportes de explosiones de risa por toda la ciudad.

Max – ¿Es tan grave?

Kim – Hay risas en todas las esquinas. La policía está completamente fuera de control. Peor todavía, muchos policías han muerto de risa... ¡Se ríen a carcajadas! ¡Se ríen como locos! ¡Se ríen como jorobados! ¡Se ríen en el suelo! ¡Se mean de la risa! ¡Lloran de risa!

Max – ¿Es que también puedes llorar de risa?

Kim – ¿Conoces la expresión cuanto más locos estamos, más nos reímos?

Max – No...

Kim – ¡Bueno, puedo decirles que el mundo entero se ha vuelto loco!

Dom – Entonces la revolución está en marcha...

Kim – Todo nuestro sistema se está desmoronando. Las autoridades han dimitido, y el Líder Supremo ha abandonado el país.

Max – ¿El Líder Supremo? ¿Pero a dónde fue?

Kim – Il a demandé l'asile politique au Vatican. Là-bas, au moins, il ne risque pas de mourir de rire.

Pat – Et qu'est-ce que vous allez faire de nous ?

Kim – Ça ne sert plus à rien de vous garder en quarantaine. Vous êtes libres.

Dom – Enfin... J'ai hâte de voir ça. Des gens qui rient sur la voie publique, dans les transports en commun, et pourquoi pas demain dans les cinémas et dans les théâtres.

Kim – Moi, ça ne me fait pas rire du tout.

Pat – Allez ! Venez vous fendre la poire avec nous !

Dom – Vous la connaissez, celle-là ? C'est l'histoire d'un fou qui voulait interdire de rire à la Terre entière...

Max – Et finalement, c'est lui qui s'étrangle de rire.

Les autres se mettent à rire à gorge déployée. Kim commence à être prise d'un fou rire nerveux elle aussi, qui se transforme bientôt en convulsions, et elle s'effondre. Pat se penche sur elle.

Pat – Elle est morte ! Alors on peut vraiment mourir de rire ?

Max – C'est un phénomène qu'on a observé récemment. Les responsables de l'Autorité meurent foudroyés quand ils sont exposés à un tonnerre de rires.

Dom – C'est pour ça qu'ils voulaient à tout prix enrayer l'épidémie.

Pat *(à Max)* – Mais vous vous n'êtes pas mort.

Max – Sûrement parce que je n'y croyais déjà plus...

Dom – Vous étiez déjà vacciné, en quelque sorte. Comme nous !

Pat – Alors nous sommes libres ?

Dom – Libres de rire de tout à nouveau !

Kim – Ha solicitado asilo político en el Vaticano. Allí, por lo menos, no corre el riesgo de morir de risa.

Pat – ¿Y qué vas a hacer con nosotros?

Kim – Ya no sirve de nada mantenerles en cuarentena. Sois libres.

Dom – Bueno... No puedo esperar a verlo. Gente que se ríe en la vía pública, en el transporte público, y por qué no, mañana, en los cines y en los teatros.

Kim – A mí no me hace reír nada.

Pat – ¡Vamos! ¡Ven a partirte de risa con nosotros!

Dom – ¿Conoces esa? Es la historia de un loco que quería prohibir reír a toda la Tierra...

Max – Y finalmente, es él quien se ahoga en la risa.

Los otros se ríen a carcajadas. Kim también empieza a reírse nerviosamente. Pero la risa pronto se convierte en convulsiones, y Kim se derrumba. Pat se inclina sobre ella.

Pat – ¡Está muerta! ¿Así que podemos literalmente morirnos de risa?

Max – Este es un fenómeno que se ha observado recientemente. Los responsables de la Autoridad mueren fulminados cuando son expuestos a un trueno de risas.

Dom – Por eso querían detener la epidemia.

Pat *(a Max)* – Pero tú no te moriste.

Max – No... Quizás porque en el fondo, ya no creía en todo eso...

Dom – Ya estabas vacunado, de alguna manera. ¡Como nosotros!

Pat – ¿Entonces somos libres?

Dom – ¡Libres para reírnos de todo otra vez!

Max – Qu'est-ce qu'on va faire, maintenant.

Dom – On va réapprendre à rire. On va réapprendre à vivre.

Pat – Ça me fait un peu peur...

Dom – C'est normal. Au début, les esclaves affranchis ne savent pas quoi faire de leur liberté.

Max – Je pourrais me remettre à boire ?

Pat – Bien sûr ! Mais vous n'en aurez peut-être même plus besoin.

Max – C'est merveilleux ! Mais c'est vrai que ça donne le vertige.

Dom – Oui... Nous sommes les colombes d'un magicien décédé.

Max – Qu'est-ce que ça veut dire ?

Dom – Nous sommes nés d'un tour de magie, mais le magicien qui nous a fait surgir du néant n'est plus là, et nous ne savons plus très bien quoi faire de nos ailes...

Pat – C'est beau ce que vous dites.

Dom – C'est de la poésie.

Pat – De la poésie ?

Dom – Un autre truc qu'ils avaient interdit.

Pat – Il y en a d'autres comme ça ?

Dom – Bien d'autres ! L'orgasme, par exemple. Vous ne savez pas non plus ce que c'est ?

Pat – Je vous l'ai dit, je suis mariée...

Dom – Je vous montrerai tout à l'heure, en privé... Vous verrez. L'orgasme est à l'amour, ce que le rire est à l'intelligence, ou ce que l'éternuement est au rhume. Ça ne soigne pas, mais sur le coup ça soulage.

Kim reprend conscience.

Max – ¿Qué vamos a hacer ahora?

Dom – Vamos a aprender a reír de nuevo. Vamos a aprender a vivir de nuevo.

Pat – Me asusta un poco...

Dom – Es normal. Al principio, los esclavos liberados no saben qué hacer con su libertad.

Max – ¿Puedo volver a beber?

Pat – ¡Por supuesto! Pero puede que ni siquiera lo necesites.

Max – ¡Es maravilloso! Pero es verdad que da vértigo.

Dom – Sí... somos las palomas de un mago muerto.

Max – ¿Qué significa eso?

Dom – Nacimos de un truco de magia, pero el mago que nos sacó de la nada ya no está, y no sabemos qué hacer con nuestras alas...

Pat – Es hermoso lo que dices.

Dom – Eso es poesía.

Pat – ¿Poesía?

Dom – Otra cosa que habían prohibido.

Pat – ¿Hay otras cosas?

Dom – ¡Muchas más! El orgasmo, por ejemplo. ¿Tampoco sabes qué es?

Pat – Te lo dije, estoy casada...

Dom – Te lo mostraré más tarde, en privado... lo verás. El orgasmo es al amor, lo que la risa es a la inteligencia, o lo que el estornudo es al resfriado. No cura, pero en el acto alivia.

Kim está volviendo en sí.

Pat – Tiens, on dirait qu'elle n'est pas tout à fait morte, finalement.

Max – Elle ne devait plus trop y croire, elle non plus.

Kim – Qu'est-ce qui m'est arrivé ?

Pat – Vous avez été victime d'une crise de rire. Ne vous inquiétez pas, ça va aller, maintenant.

Max – Et le public ? On l'avait oublié.

Dom – Maintenant qu'on a à nouveau le droit de les faire rire impunément...

Max – On a le droit, Chef ?

Kim – On est dans un théâtre, après tout.

Dom – Il va falloir qu'on invente de nouvelles histoires drôles, alors.

Kim – Oui, parce que cette histoire de fous qui se regardent dans un miroir, je n'ai toujours pas compris...

Dom – En fait c'est une histoire symbolique.

Kim – Symbolique ? Qu'est-ce que c'est que ça, encore ?

Dom – L'humour est un miroir. C'est le miroir que les comédiens tendent au public pour qu'il puisse rire de ses propres travers.

Pat – Et nous pouvons tous nous reconnaître dans ce miroir.

Dom – Tous. À part les fous, qui préfèrent briser le miroir pour ne pas voir la face grimaçante qu'il leur renvoie.

Max – Alors rions !

Dom – C'est notre liberté, et pour citer un humoriste du siècle dernier : La liberté ne s'use que si l'on ne s'en sert pas.

Pat – Rions ensemble, mais rions de tout...

Max – Car si aujourd'hui on ne peut plus rire de tout, demain on ne pourra plus rire du tout.

Pat – Bueno, parece que no está muerta del todo después de todo.

Max – Ella no debía creérselo tampoco.

Kim – ¿Qué me ha pasado?

Pat – Has sido víctima de un ataque de risa. No te preocupes, vas a estar bien, ahora.

Max – ¿Y el público? Lo habíamos olvidado.

Dom – Ahora que otra vez tenemos el derecho de hacerlos reír con impunidad...

Max – ¿Está bien, jefe?

Kim – Estamos en un teatro, después de todo.

Dom – Entonces tendremos que inventar nuevas historias divertidas.

Kim – Sí, porque esta historia de locos mirándose en el espejo, todavía no la entiendo...

Dom – En realidad es una historia simbólica.

Kim – ¿Simbólica? ¿Qué es eso?

Dom – El humor es un espejo. Es el espejo que los actores tienden al público para que pueda reírse de sí mismos.

Pat – Y todos podemos reconocernos en este espejo.

Dom – Todos. Excepto los locos, que prefieren romper el espejo para no ver la cara de mueca que les devuelve.

Max – ¡Así que ríanse!

Dom – Es nuestra libertad, y para citar a un humorista del siglo pasado: La libertad solo se agota si no se la utiliza.

Pat – Riamos juntos, pero riamos de todo...

Max – Porque si hoy no se puede reír de todo, mañana no se podrá reír en absoluto.

Max saisit le panneau d'interdiction de rire, et l'enfonce sur la tête de Kim. Ils éclatent tous d'un rire sonore, qu'on pourra amplifier par des rires préenregistrés.

Noir.

Fin

Max agarra el letrero de no reír y lo clava en la cabeza de Kim. Todos estallan con una risa sonora, que se pueden amplificar con risas pre-grabadas.

Oscuro.

Fin

Ce texte est protégé par les lois
relatives au droit de propriété intellectuelle.
Toute contrefaçon est passible d'une condamnation allant
jusqu'à 300 000 euros et 3 ans de prison.

Este texto está protegido por las leyes
relativas al derecho de propiedad intelectual.
Toda copia es susceptible de una condena,
hasta de 300 000 euros y 3 años de prisión.

Avril/ Abril 2021

www.ingramcontent.com/pod-product-compliance
Lightning Source LLC
LaVergne TN
LVHW010115170826
845678LV00012B/2418

9782377055340